你把钥匙交给我 用手指着 魔幻之门

多少步履打此踱过，

留下传说或湮没人海，

在浩渺的时间长河里隐现着。

让一切孤零零的感觉滚开，
把所有赞美和轻蔑置之度外。
我像一个徘徊的幽灵，
因为有话要说，为构筑生命而尽情表达。

日子就这么过着，
秋霜起了，金黄的槐树叶落下来，
扫了一遍又一遍。
我们觉不出在长大，
可裤子短了，吃得多了，连头发都越来越硬。

我们像野草一样扎根生长，有没有阳光都得灿烂。

野草疯长

陈九 著

朱湘羽 绘

北京时代华文书局

Der Lindenbaum

von Wilhelm Müller

1794—1827

Am Brunnen vor dem Tore
Da steht ein Lindenbaum:
Ich träumt in seinem Schatten
So manchen süßen Traum.

那门前的古井边，长着一棵菩提树，

在它的浓荫下面，我织过甜梦无数。

Ich schnitt in seine Rinde
So manches liebe Wort;
Es zog in Freud und Leide
Zu ihm mich immerfort.

我也曾在树上，镌刻下多少的蜜语甜言；
无论快乐苦痛，我都会在树下流连忘返。

Ich mußt auch heute wandern
Vorbei in tiefer Nacht,
Da hab ich noch im Dunkel
Die Augen zugemacht.

今时的我也如往日，深夜里流浪踽行。
在那黑暗的沉寂中，紧闭上我的双眼。

Und seine Zweige rauschten,
Als riefen sie mir zu:
Komm her zu mir, Geselle,
Hier findst du deine Ruh!

它的树枝叶婆娑作响，仿是对我轻声呼唤：

“回来我这里吧，朋友，这里你会找到你想要的安宁！”

Die kalten Winde bliesen
Mir grad ins Angesicht,
Der Hut flog mir vom Kopfe,
Ich wendete mich nicht.

凛冽的北风吹来，直扑上了我的容颜。

帽子从头上飘落，我却仍是一往无前。

Nun bin ich manche Stunde
Entfernt von jenem Ort,
Und immer hör ich's rauschen:
Du fändest Ruhe dort!

如今我远离故乡，转眼已逝数年。
然而仍能常听到那枝叶的呼唤：
“回来吧，你将在那里找到安宁！”

Preface 自 序

有说我文字一往情深的，也有说风趣幽默的，撒酒疯一样肆无忌惮，不按常理出牌。我觉得挺有道理，有些文字我的确写于酒后，我喜欢纳帕山谷的红酒，浓郁醇厚，三杯过后开始微醺，潜意识被释放出来，这时写什么都比较放松，直抒胸臆。当然这不是什么诀窍，“李白斗酒诗百篇”不过是艺术夸张，而我的幽默却有点儿家传。我有个大哥从小坐科学相声，他母亲阻止也没用，非学不可，后来他还成为侯宝林先生的学生。听他聊天跟看演出一样，全是包袱，表情丰富，节奏感很强，可惜我俩不是一个妈，他老防着我，但我忘不掉他的谈吐方式。

然而细想之下这不是最重要的。心理学家认为，幽默感源于从不快乐中追求快乐的冲动。内因才是根本。不是有这么句话吗？喜剧的内核是悲剧，改动一下，幽默的内核是寂寞，倒十分贴近我的心境。我记得大哥曾说，老先生们只在观众面前才嘻嘻哈哈，下了台往往寡言少语，更别提幽默了，个别的还是暴脾气，三句话没说好茶壶就拽出去，瓷片子碎一地。我倒不至于拽茶壶，咱没喝茶的癖好，我会端坐窗前发呆，说好听点儿叫沉思，其实既不沉也没思，只有空荡荡。

以前倒是有思，出国头些年总思念家乡往事。那时英文不大好，跟老外接触浅尝辄止，不走心，情感寄托仍依赖对往事的思念。有人说怀旧是因为衰老，这话绝对不对，他肯定没尝过像野草一样在他乡的漂泊滋味，在一个三亿人的国度里找不到任何你认识或认识你的，回到家独自面壁，只有厨房的龙头叮咚作响，幽灵般与我交谈。

往前想吧，学位问题、就业问题、还没成家的问题，什么都是未定之数，想不出所以然，只好摸石头过河，走一步算一步。那就往回想，唯有家乡的消息能抚慰漂泊的孤独，满足着所谓“出国留学”的虚荣感。那时朋友问我如何申请美国奖学金，耐心解答之余，我心情很复杂，不管你在国内多牛，多金枝玉叶，漂泊也会把你变成平凡的野草。出国最大的挑战不是需要艰苦奋斗，我们不怕苦，而是如何熬过一个个漫漫长夜。我曾于黑暗中如滴漏般等待时间一秒秒地过去，给窗外的小鸟起名字，陪它们说话。

久而久之，思乡之情深入骨髓，蜕变为深刻的寂寞，即便结婚生子高朋满座也无法缓解。感觉这东西就是这样，日久天长会形成惯性。并非听不到家乡的声音，也不存在所谓的地缘隔绝，我们天天都有国内的消息，空中时常飘来故乡的云，可不一样，时间越久越感到家山遥远可望不可及。特别是近些年国内日新月异的发展，在创造庞大物质财富的同时，也从根本上改变着东方古国的文化习俗、价值观、语境和交往方式。当年谁也没想到五千年历史会被三十年华丽转身，你只要打开国门，让我知道别人在做什么，我就能做得比别人还好！

而更加让人刻骨铭心的是，面对如此令人震撼的山河巨变，国内朋友们居然说这不算什么，一切都是无缝对接，天命使然。他们一步步走过来，是社会变革的参与者和见证者，所以理解不了我们为何会如此诧异，甚至笑我们少见多怪。这种巨大反差对我们来说，绝非习惯或不习惯那么简单，而是难以释怀的失落，我们毕竟没有亲身投入这个伟大的历史进程，错过了无数的施展才华的良机。韶华难再。当年“世界这么大，我想去看看”的简单抉择，竟变成时光之果，吐不出咽不下。这种巨大的落差将固有的漂泊与寂寞推入海底，并永无安放的一刻。女中音歌唱家钟丽燕有一首原唱歌曲《飘落》，“飘落飘落，远去了你的欢乐”，飘落的关键是飘，飘而不落，我一失眠就听见这首歌悠悠响起，我的寂寞已无法诉说，不可救药。

在漫长的漂泊中，我把思念交给了寂寞，据说下一步就是抑郁，似乎抑郁正步步逼近，像新冠病毒，藏在看不见的角落里。我想洁身自好，我在一首诗里写道，“把心变成一块化石、一首歌曲，一部不再发动的发动机”，于是养猫养狗，跑出去旅行，或努力当个优秀的互联网技术人员，再不行喝洋酒、吃洋餐、搞角色扮演，但这一切都显得那么做作，虚构的满足感只能让我更加明确：唯有中文表达，才是我的情感寄托和精神家园。心理学家说得没错，既然幽默源于追求快乐的本能，那就让我的本能满血复活，我必须好好活着追求快乐，再把不懈的追求变成与君同悦的幽默文字呈现于世人，只有你快乐我才快乐。这是我的宿命，我认了。无论漂泊让我错过什么错过多少，也错不过我对远方的血浓于水的情感和美好祝愿。

我会哭泣，只是不想让你看见。

陈九

2020 年 9 月 25 日　纽约随波斋

Contents **目录**

Wild Grass Grows Wildly

野草疯长

Part 1

日子就这么过着，秋霜起了，金黄的槐树叶落下来，扫了一遍又一遍。我们觉不出在长大，可裤子短了，吃得多了，连头发都越来越硬。

昨晚，汤姆叔叔跟我告别

今天早上天蒙蒙亮，对面的玛丽婶婶就来敲我家门，她不喜欢按门铃，我家门铃挨着大门不会看不到，可她还是把门敲得咣咣响："九啊，快起来，汤姆走了，汤姆走了呀！"我一阵悲哀，非常浓缩的悲哀，缺氧似的压得我不能动弹，我对着天花板大喊："知道了，玛丽婶婶，我马上下来！"

汤姆叔叔到底没撑过去！

昨晚我去看过他，他家跟我家隔着两栋房子。自他染上新冠肺炎后，我们几个邻居轮流送水送饭，由玛丽婶婶牵头，她跟汤姆叔叔做了一辈子邻居，感情很深。几年前汤姆婶婶因肺癌去世后，她就隔三岔五给汤姆叔叔送吃的。这次又是这样，她来敲我的门："九啊，知道汤姆染上新冠肺炎了吗，他一个孤老头怎么办哪？我们准备轮流给他做吃的，你加入吗？""加入加入，我加入，他喜欢我做的炸春卷呢！"

汤姆叔叔是犹太裔，八十来岁，一辈子没儿没女。我叫他

“叔叔”是跟着孩子们叫，日子一久成了习惯。

他曾是《时代》周刊的摄影记者，二十世纪七十年代初有一张著名的黑白反战照片，在俄亥俄州某大学的草坪上，一个长发女生搂着被子弹击中的男同学哭泣，那就是汤姆叔叔的杰作。这张照片来美之前我就见过，没想到我竟和拍摄者成为邻居。那年月的中国留学生很多都有类似经历，有个朋友在长岛石溪镇买的房，几天后碰到邻居觉得很眼熟，定睛一看那不是杨振宁吗？汤姆叔叔后来因腿伤转到纽约市政府工作，还是搞摄影，为政府的宣传品拍照。几乎与此同时，我也从美国运通调到纽约市政府做数据主管，所以三十年前一搬到这条街我就和汤姆叔叔成了朋友，我们乘同趟火车上下班，一路聊。

或许因为我是新移民，汤姆叔叔总爱强调他也是移民，只不过比我早来几年而已。其实他出生在纽约，他父母小时候随家人自欧洲来美，当时正逢美国的“镀金时代”，用他的话说，那时的美国非常像今天的中国，电力铁路普及，石油被发现，整个北美魔幻般高速发展，曼哈顿今天的格局就是那时定下的。于是大量欧洲移民蜂拥而至，汤姆叔叔说，他祖父母一家最早就住现在的唐人街一带，当时那里聚集着大量新移民，意大利人、爱尔兰人、犹太人和部分中国人，他们既没钱又不懂英文，全靠出卖体力过活，他爷爷奶奶给人家缝衣服，每天早上承包商送来成堆的布料，他们没日没夜地缝，连说话的时间都没有。

听汤姆叔叔这么一说，我突然想起在他家钢琴上看到的一张老照片，一对夫妇坐在椅子上，女人手中拿着一件未缝完的衣裳。“对啦，汤姆叔叔，我看过那张照片，你奶奶干吗照相时都不肯放下手上的活计？”“九啊，她是故意那么照的，就为记录下自己的生活，怕后人遗忘。”

我下楼开门时，玛丽婶婶戴着口罩已退至十步之外，远超纽约州州长科莫规定的六英尺社交距离。纽约是新冠肺炎疫情重灾区，也是美国乃至世界感染和死亡人数最多的大都市。该如何形容这种严重呢？纽约市卫生局搞过一个调查，在不同地点随机抽样做新冠肺炎检测，结果查了三千多人竟有三分之一的是阳性！这下当局紧张了，马上颁布居家隔离令，不许扎堆儿，不许聚会，关闭公园、海滩、博物馆等公共场所，要保持社交距离六英尺以上，等等。即便如此还是十分被动，很难立竿见影刹住成势的病毒，比如汤姆叔叔，他说他是在超市染上的，开始发烧时叫过救护车，附近的北岸大学医院口碑不错，几天后病情缓解他又回到家里。

玛丽婶婶带领大家给他送饭送水，我们穿戴齐全，口罩手套防护服应有尽有，都是我国内朋友寄来的。我们把做好的饭菜放在门口，由汤姆叔叔自己取用。就这样好好坏坏，瑞得西韦、羟氯喹都用过，没想到还是不行。玛丽婶婶要把他再送回医院，他拒绝了。

玛丽婶婶的眼里淌着泪水，声音也在颤抖。她比汤姆叔叔小几岁，也是犹太裔，举手投足间流淌着昔日的风采。她是这条街的主心骨，什么事都可以找她商量。美式英语有个词叫“犹太妈妈”，指主意正、能力强，又有担当的已生育女性，玛丽婶婶就是典型的“犹太妈妈”。她对我哭诉着刚才的事情，天没亮她去看汤姆叔叔时发现人已经走了。她打电话叫来救护车，眼睁睁看着救护车拉走了汤姆叔叔。

“汤姆真不该这时候走，连说再见的机会都没有！”她不断重复着，仿佛要把汤姆叔叔唤回来。玛丽婶婶这样做自有道理，按常情不少美国人都选择在家去世，一般是先找一家殡仪馆，由殡仪馆保存遗体，安排追思仪式，直到下葬，殡仪馆工作人员是送你上天堂的那个人。而疫情却把人生最后一场有尊严的告别抹去了。纽约市规定，所有因新冠肺炎在家去世的人都必须叫救护车，由救护人员做防护处理后，出具证明带走遗体，并交由指定地点焚烧，再通知家属领取骨灰。汤姆叔叔已经没有家属了，他说他有个弟弟，我们从没见过，汤姆叔叔的墓地早就安排好了，在松树陵园，汤姆婶婶旁边。按说他弟弟是间接继承人，如果没有直接继承人，汤姆叔叔的房子应该就是他的，他会为哥哥举行一场体面的安葬仪式吗？

说起这座房子，我便感觉温情满满。这是一座斜顶独栋建筑，不是很大，应该说是比较小的一栋。他叫汤姆，房子又比较小，老让我想到斯托夫人那本《汤姆叔叔的小屋》，一部终结美国蓄奴制的伟大作品。我不好意思说出口，怕无意间伤害了汤姆叔叔，可不说又憋得慌，便试探着，破闷儿似的逗他：

“汤姆叔叔呀……”

“嗯哼。”

“汤姆叔叔您有个小屋。”

“汤姆叔叔的小屋，斯托夫人？”

“哇，您也知道啊？”

“我猜到你要说什么。”

我告诉他这本书是我最早读过的美国小说之一，所以忘不了。他却低眉昂首长长一叹，那个时代的美国一去不返了，自由已被金钱绑架，谁还顾得上同情弱者、关注未来呢，而善良和同情是一切美好社会的源泉，没有这些就没有伟大。我知道汤姆叔叔那张反战照片就是他的青春写照。我能想象那时的他是多么激情狂热，蓄着浓浓的胡须，挎着莱卡相机奔走在风口浪尖之上。如果你看过电影《阿甘正传》，就可领略二十世纪六十年代的美国是什么情景，那是一场深刻的社会变革，民权运动、反战运动、嬉皮士运动、性解放，都混在一起分不开，涌现出一代杰出的政治家、艺术家，比如比尔·克林顿，比如鲍勃·迪伦。我突然想起二十世纪六十年代末，发生在纽约上州的乌斯达克音乐会，“您参加了吗，汤姆叔叔？”“当然了，那是全世界规模最大的露天音乐会，五十万人，标志着摇滚乐从此走上历史舞台，我们为和平而来，摇滚乐的灵魂就是个性和爱，可惜当时主流媒体基本不予报道，我还是照了不少照片登在《时代》周刊上。”

“如果你去圣弗朗西斯科，

请在头上戴着花；

如果你去圣弗朗西斯科，

你会遇到好朋友。”

我情不自禁地哼起这首《圣弗朗西斯科》，当年流行歌曲中的经典之作，这首歌也出现在电影《阿甘正传》中。汤姆叔叔一听激动得两眼放光，他叫起来：“哦，天哪，九啊，我才知道你有一副好嗓子，你怎么不早告诉我呢，我认识这首歌的原唱斯格特，他来过我家，来过你说的这个‘汤姆叔叔的小屋’啊！”

清早的风徐徐地吹，五月的长岛依然有些料峭。玛丽婶婶问我：“亨利回去了吗？”“回去了，他太忙，看看汤姆叔叔就赶紧回医院了。”“是啊，真是个好孩子，还专为汤姆回来这么多天。玛丽婶婶说的亨利是我儿子，他在纽约上州瓦莎大学医院做急诊科医生。他一听汤姆叔叔染上新冠肺炎马上赶回来，还陪他去看了急诊。亨利毕业于索菲戴维斯医学院，他的同学尼克就是北岸大学医院的急诊科医生，他们共同商量治疗方案，竭尽全力救治，汤姆叔叔很快退了烧，肺部阴影也临床消失了。纽约是美国新冠肺炎疫情重灾区，很像中国的武汉，但纽约没有足够的医疗资源，没有雷神山、火神山那样的方舱医院，所有医院的急诊室都人满为患，很多病人只能躺在走廊的救护床上。亨利要尼克为汤姆叔叔找一张病床，直到汤姆叔叔出院也未能如愿，这也是汤姆叔叔一俟好转坚持出院的原因，他一点余地都没有。“儿子（他叫亨利儿子），我一分钟都不要待在这里，死我也要死在家里。”他真不该提“死”这个字！

亨利临走前特意给汤姆叔叔开了很多药，退烧的、止泻的，还有汤姆叔叔常用的糖尿病药、高血压药、前列腺药，他一项项解释给他听，“您出现这个情况就吃那个，出现那个情况呢就吃这个”。汤姆叔叔说，“你赶紧走吧儿子，我没事，到家就踏实了，走吧走吧你”。汤姆叔叔管亨利叫“儿子”并不奇怪，按美国惯例，年长者叫年轻人儿子是一种爱称。比如看到个小伙子把手机落在桌上，我会说：“嘿，儿子，手机是你的吗？”他一定倍感亲切。但汤姆叔叔叫亨利儿子的含义比这要多。

我们搬到这条街时正处在人生中最需要打拼的阶段，我新有晋升，我太太的设计公司又创业不久，每天早出晚归“压力山大”。为此特意请孩子的二姨妈来美帮助照看两个孩子——女儿艾琳卡和儿子亨利。每天放学做作业时，只要有问题孩子们都会去找汤姆叔叔，那时汤姆叔叔已经退休，他不厌其烦地回答各种问题，我们没想到他的知识面竟如此之广。有一回女儿艾琳卡复习社会学，美国初高中的社会学课就是历史加政治，她对谁刺杀了宋教仁，阻碍亚洲建立第一个共和制的考题犯起迷糊，她问汤姆叔叔到底是谁杀谁，是袁世凯杀宋教仁还是与之相反？这种问题你问一百个老美一百个不会，他们连谁杀了肯尼迪都搞不清楚，还管你亚洲的事？可汤姆叔叔斩钉截铁地告诉艾琳卡，当然是袁世凯杀了宋教仁，记住了，暗杀都是坏人杀好人，袁世凯和宋教仁中袁是坏人，肯定是袁杀宋。下班后孩子们跟我聊起这件事，亨利好奇地问：“干吗好人老被坏人暗杀呢？”“汤姆叔叔是怎么解释的？”“他什么也没说。”“那我也不知道啊。”本来这次艾琳卡也要回来看汤姆叔叔，她离得太远，又在一个专利事务所做项目主任，非常忙，只好让弟弟代表她，两个孩子对汤姆叔叔的感情比我还深。

为感谢汤姆叔叔的关照，我和太太经常做些中餐送给他和汤姆婶婶。他们非常喜欢吃炸春卷，每见必开红酒，还要我陪他共饮。汤姆叔叔喜欢一款加州的黑钻石红酒，产自电影《教父》的导演科波拉的酒庄，它回口偏涩，但汤姆叔叔专好这个感觉，说像嘶啦剥去一层皮似的。我们边喝边聊，我向他介绍最近荣获的市政府年度科技大奖，市长朱利安尼亲自签发并将奖状交到我手里，还邀我陪他一同参加今年的国殇日大游行。“哇，这可是大事，是什么项目？”汤姆叔叔问道。“一个监管缓刑犯人的大型数据系统，我们第一次将 DNA 作为数据类型加以存储，这大概是获奖的主因。”一提到与科技金融相关的专业术语，汤姆叔叔就不无感慨，借着三分酒意宣泄他的情绪：“我这辈子啊，经历了美国从浪漫的人权时代走向金融霸权的整个过程，从里根总统‘放松管制’开始，华尔街凭借美元的垄断地位，用利率、货币供应量和股市这三驾马车向全世界收割利益。金融的暴利迫使制造业必须提高获利预期，否则无法生存，这必然导致制造业流向远东，以降低劳动力和各类资源的成本。暴利与挥霍成为生活的本质，文明不再是形而上，倒成为形而下的帮凶，我们正用赤裸的欲望焚烧着未来，这种无度甚至突破中世纪的底线。托尔斯泰的《复活》，霍桑的《红字》，这些故事在今天算什么，什么都不算嘛，关键是没人在意这些了，暴利与分化让人们失去思考的冲动，反而争先恐后投入角逐。”

自汤姆婶婶去世后，汤姆叔叔就自己生活。汤姆婶婶生前不工作，里里外外忙着家务。她高高的身材，一条大辫子盘在头顶，老是笑眯眯的。那天她被确诊为肺癌晚期后，人一下就不行了，像积木抽掉最下面一块，顷刻坍塌，一个多月便随主而去。后来松树陵园墓地的选购、仪式的安排，都由玛丽婶婶和我们几个邻居操办。玛丽婶婶问汤姆叔叔要不要去养老院，起码还有人照顾。但他坚决否定了这个选项，当时他就说过，“死我也要死在家里”。从此次疫情看，汤姆叔叔的决定不无道理。有数据显示，疫情丧生者中有三分之一来自养老院，有些养老院竟发生“弃护”现象，因为怕感染新冠肺炎，工作人员居然跑光了，很多老人由于无人护理，不能按时吃饭服药而力竭而亡，结局十分悲惨。幸亏汤姆叔叔没去养老院，虽然同样是走向终点，但汤姆叔叔是自己抉择，这本身就意味着生命尊严。

起初我有点不解，汤姆叔叔病情加重为何不返回医院？我问玛丽婶婶，她的回答很直白，“这个倔老头，肯定舍不得咱们呗”。他们邻里一辈子，从结婚成家到生命终结，这种陪伴别说是互动频繁，即便点头微笑也见证了彼此的一生。跟玛丽婶婶相比，我是后来者，但我非常庆幸遇到汤姆叔叔这样的邻居，我们之间有心心相印的人文情怀，有浪漫的理想主义色彩，他用毕生经历、呼之欲出的镜头人物和那些可以闻到味道、听到声音的人生际遇，把我活生生地拽进美国的文化之河，让我将书本上的冷静文字变成火热生动的立体图像。随风飘舞，“飘”这个字老被解释为随风而去，并不尽然，同样可以随风而来，历史就在我们头上飞舞，一天都没离开过我们，与历史对话不能仅靠几本书，绝对不够，更要有情感沟通，历史是有温度的。

昨晚去看汤姆叔叔时就感觉不好。他又在发烧，入院前的症状全面反弹，吞噬着他的机体。我们要打 911，送他回北岸大学医院，他却再次拒绝了，甚至还飙了句德文“du fandest ruhe dort”。美国犹太裔很多来自德国，说几句德语并不奇怪。我问玛丽婶婶什么意思，她说大概是海涅的诗吧！后来我查出这是德国诗人米勒的作品，还被作曲家舒伯特谱成套曲，汤姆叔叔说的这句诗正是歌曲《菩提树》的最后一句，意思是“到那里寻求平安”。小时候我跟母亲学唱这首歌，当然是中文版，大学期间还在联欢会上演唱过，它浓厚的悲伤与宿命色彩一直在我心底挥之不去，成为我情感表达的依据，没想到在汤姆叔叔弥留之际再次听到它，这是何等的巧合！当你伸开双臂拥抱世界时，世界早在等你。

所以我坚信昨晚一面是汤姆叔叔在向我告别。我们隔着超过州长规定的社交距离，像往常一样穿戴齐全，但无论相距多远，包括口罩、手套、防护服，都影响不了我们的交流。他微微抬起手指向墙上的挂钟，又在自己脖子上轻轻划过。

我知道他在说“我的时间到了”，英语里这句话非常简单，“my time is up”。我拼命摇头，握拳的手上下挥动，鼓励他一定要坚持住，顶过一天是一天。他缓缓地向我摆手，示意我快点离开。当我转身时，他做了个美式军礼的动作，手搭在右眼眉梢迅速切下，他做得很勉强，手在空中颤抖着。而恰巧这时墙上的挂钟开始报时，发出当当的响声。我猛地回头，只见汤姆叔叔正在微笑，甚至笑出了声，旋律般与钟声合鸣着。我被这笑声感动得也笑起来，只见那款黑钻石红酒在空中挥洒，女学生乌黑的长发，乌斯达克摇滚音乐会，如果你去圣弗朗西斯科的话，所有这些都在我们之间飘舞起来。死亡可以埋葬一具躯体，却无法带走充实的生命，绝不可能。

汤姆叔叔的弟弟后来继承了汤姆叔叔的小屋，但他并未承诺举行一场下葬仪式。玛丽婶婶说等疫情过后她会筹办追思会，给大家一个向汤姆叔叔表达敬意的机会。“九，你加入吗？”“加入，加入，我加入，他喜欢我做的炸春卷呢！”

我脱口而出，热泪盈眶。

美国同学艾立克

那是二十多年前，我刚到纽约石溪大学读研究生的第一个学期，每次听课我必须坐头排，怕听不懂老师的英文，就这也是稀里糊涂，根本找不着北。离开北京时几许可怜的优越感，早被自己的臭英文抛到姥姥家去了。在北京光顾玩了，一提学英文就烦，老觉得美国人都说英文，一熏就会。“这下老实了吧，会呀，有本事别坐头排呀，坐哪儿你也听不懂！”每次上课我都暗暗骂自己。

老师没到时教室里总是乱哄哄的。美国人忒能侃，话太多，个个儿表情还非常丰富，睁大眼睛是惊讶，做悲哀状是同情，基本都是废话。咱听不懂啊，听不懂的肯定都是废话。那天我正发呆，有人从背后捅了我一下，我装作没感觉，不回头。他又捅了一下。我知道是谁，肯定是美国同学艾立克。我们班三十来人，就艾立克主动搭理我。第一次跟他说话时，我窘得满脸通红，生怕他听不懂。好些英文单词应该是懂的，一紧张就懵。这艾立克也真是，我越听不懂他越没完，边说还边比划，他指着我的裤子拉链问：

“这个怎么说？”

“这个，这个是哪个？”

“就这个，长的。”

“长的？”

“对，像蛇一样。”

“蛇，长的蛇？”

可长蛇是什么，我裤子里怎会有长蛇？艾立克哈哈大笑，“对对，长蛇，中文怎么说？”我这才明白被他涮了，面带愠怒。艾立克连声道歉，说：“开个玩笑，就想让你放松，别那么紧张。”还别说，打那回起我跟艾立克说话心里轻松多了，原来听不懂的也慢慢懂了，原来说不出的也磕磕绊绊说出来了。最重要的，我发现自己终于与这个陌生的世界开始交流了。这对我是巨大鼓舞。

艾立克祖籍苏格兰，属二代移民。他看上去永远微笑着，只是这微笑好像有点儿不正经，一副花花公子的腔调。艾立克结婚多年，太太苏珊是高中老师，身材修长，虽不算大美女，但条儿是条儿个儿是个儿，非常舒服耐看。可艾立克还是三句话不离本行，非让我给他找中国女朋友，搞不清是真是假。

“我的事怎样了，有中国女孩吗？”

“想泡中国妞儿得先学中国话。”

“对对，‘I love you’怎么说？”

“我爱你。”

“窝矮泥。”

“什么叫‘窝矮泥’呀，四声，四声懂吗？”美国人闹不懂四声，说中文拐着八道弯儿，跟喝醉了似的。好在艾立克不挑不拣，我教什么他学什么，像炸酱面，放臭屁，你是大坏蛋，都能说。想想也好笑，我也真够损的，净教他这种词儿。那次艾立克到我住的地下室造访时，进门遇到我室友，室友也是中国来的。他上来就给人家一句“你是大坏蛋”。幸亏分不清四声，人家没听懂，要不非闹误会。

这次请艾立克来我这儿是为期末考试的事。老师把阅读的书单发下来，二十几本书，我一看就傻了。一天一本也读不过来，这下算崴了，肯定不及格。我急得快疯了，想问问艾立克咋办，怎样才能把这门课混过去。我最大的难言之隐是，那时来美留学都是裸学，国内银行只允许换四十五美金，什么用都不管。每天下课我必须到附近一家中餐馆送外卖养活自己。可要读这么多书哪还有时间打工，不打工吃什么呀？我本想招待艾立克喝点什么，冰箱里除了半桶牛奶、几片面包，别无他物。我正发窘，艾立克自己大大咧咧走过来，一把打开冰箱门，愣了一下说：

“你晚饭就吃这个？”

“……是的。”

“你靠什么活呀？”

“送外卖。可现在连打工的时间都没有。”

“别紧张，多吃炸酱面，没事儿的。”

“天天炸酱面，我他妈都快成炸酱面了。”

“哈哈，你说‘他妈的’了，是坏话。”

“对不起，我真快疯了。”

“好好复习，会有办法的。”

艾立克看上去很不以为然，分明是饱汉不知饿汉饥。生活坚硬无比，不是电影演的那样：面包会有的，牛奶也会有的，芝麻芝麻开门来，算了吧，一切都得靠自己挣出来。当天晚上我仔细算了算账，房租先拖拖，昨天超市的鸡腿 27 美分一磅，干脆就吃鸡腿米饭，两星期应该能凑合。暑假马上就到，到时再挣钱补上吧。

打今儿起，我不得不投入到紧张的复习之中。除睡觉吃饭，对，最困扰的就是吃饭，为什么老饿呢，没搬山没挖河，动不动就饿，邪了。这说话又到饭口上，吃什么？一闻到锅里的鸡腿就想吐，又不能不吃。“电话局的小姐们都昏过去了。”我想起一部俄罗斯电影的台词，那些小姐们肯定是鸡腿儿吃多了，不昏才怪。我正琢磨着，门铃突然响起来，一开门竟是艾立克，他看上去有些沮丧。

“能陪我吃午饭吗？我请客。”

“怎么回事，怎么想起请我吃饭了？”

“别提了，跟苏珊吵架了，烦着呢！”

“真的假的？先进来吧。”

“不进去了，咱们走吧。”

说实话我很犹豫，我不想欠谁人情，拿什么还哪。另外，没听说艾立克跟太太闹别扭啊？但反过来一想，也别说，冲他这副花哨劲儿，一天到晚要中国女孩儿，早晚出事。女人个个儿醋坛子，准是嘴上没把住说漏了。这下算崴了，他恐怕得吃点儿苦头。家这个东西吧，实际就是管男人的，跟软禁性质颇为相似，不让你像从前那样逍遥自在，要整不明白这点麻烦还在后头呢。也好，吃就吃吧，正好劝劝他。于是我跟着艾立克走进一家比萨店，艾立克给自己要了一角比萨，却给我要了两份，让我不好意思。

“太多了，吃不了。”

“不多，一个午餐一个晚餐。”

“那怎么行，还连吃带拿。”

“你分享我的痛苦，我应该回报。”

第二天，第三天，几乎一到午饭时分，艾立克就开着他的棕色皮卡来接我吃饭，每次都要两份，吃一份带一份。咱也很卖力气，一遍遍给艾立克做耐心细致的思想工作。罗密欧与朱丽叶的故事，梁山伯与祝英台的故事，连薛平贵王宝钏都讲了，艾立克只是摇头晃脑一副稀松样子，有一搭无一搭听我神侃。

……

说话天就热起来，一丝风都没有。期末考试总算混了过去，我感觉还行，得了个 B+，还想怎么着啊？说实话，到现在我都不知讲的是什么。什么正反馈负反馈，系统调整，怎么又和税收体制搅到一块儿了，还让每人制定一套税收系统，这不胡说八道吗？管他呢，反正过去了。暑假马上就到，还是想想打工的事吧。也怪，艾立克怎么没影儿了？也不知他和太太的事最后如何了？这小子，虽说有点儿花，但宁拆一庙不拆一婚，咱做人得仗义。实在不行干脆找苏珊当面聊聊，告诉她艾立克心地善良，就是太爱开玩笑，你看，几天不见我还真想他。

什么都有个碰巧。

这天早上我骑着那辆捡来的自行车，去石溪镇邮局取母亲寄来的包裹。那段时间母亲经常给我邮东西，恨不得连牙膏牙刷都寄。我举着包裹出来，只见一辆棕色皮卡停在眼前，这不是艾立克的车吗，绝对是他的车，他人呢？我四处张望，正好看到艾立克的太太苏珊从邮局出来。她分明也看见我了，一边笑一边挥手跟我打招呼。真是说曹操曹操到，别耽搁，赶紧劝苏珊几句，求她放艾立克一马。

“你好苏珊，艾立克好吗？”

“他忙着打扫院子呢，那是他的活儿。”

“听我说苏珊，别跟艾立克闹了，他是好人。”

“你说什么，我怎么不明白？”

“我知道你们在吵架，你生艾立克气了。”

“吵架？什么时候？我们没吵架。”

“那天我和艾立克吃饭，他说的。”

“他说的？你确定吗？这我倒要问问他。”

我望着苏珊疑惑的表情，整了一个大红脸，深为自己的唐突感到不安。可不对啊，艾立克是这么跟我说的呀。紧接着，我突然意识到什么，一股热流轰地涌进心头。我连忙对苏珊大喊：“别问，苏珊，千万别问，对不起，是我开玩笑呢。”话音未落眼泪不觉滚下来，洒了一地，赶紧转过身去。只听苏珊在背后说：“你这是怎么了？好好，我不问，我保证不问还不行吗？”

好狗亨利

1971年，我十五岁当兵进了山，被分在炊事班烧火。

那天村民送来一窝小狗。我想要，连长不准，说连队不能养狗。我说："炊事班闹狐狸，狐狸偷肉，需要狗。""当真？""你看这洞，狐狸咬的。那好，就一只。"

先喂米汤后喂剩饭，狗咣地长大了。竖耳朵一身灰，极其聪敏。当时报上常出现"亨利·基辛格博士"的名字，很抢眼，便唤狗为亨利。亨利在营房长大，对集合的紧张气氛情有独钟，每当早操列队它都兴奋不已，围绕我的床低声呼唤。郎骑竹马来，绕床弄青梅，炊事班本不必出操，让它一弄我只得爬起来。好好，我起来还不行吗？炊事班仅我一人狼狈地跟在队尾，一二一,一二一，亨利怕我掉队，一会儿跑前，一会儿断后，好像我是它的狗。

我悄悄上山摘村民的梨和柿子，亨利必随左右。水果跟人差不多，都有早熟者，你且慢慢寻，于树梢之巅，众绿中总有几点鹅黄。采这种果实我很在行，当时体轻如燕，可攀至极高处，用树枝荡秋千。可上去容易下来难，这就显出亨利的作用，它能于很远处发现村民的身影迅速报警，给我足够时间撤离。

可也有失手之时。

那次是摘梨，那老汉走到树下，亨利才叫。待我衣衫不整从树上跃下，砰地两脚着地，一抬头正和老汉照面，相距不盈两尺。本想大骂亨利，你这混蛋，干什么吃的你，可望着老汉却骂不出口。那是张被岁月精雕细刻出无数皱纹的脸，他对我微笑，皱纹打开时发出嘎嘎的响声。我情不自禁用心灵为这张面孔拍照，这种照片是任何相机无法获取的。多年后看到画家罗中立的成名作《父亲》，说真的，跟眼前这位老汉不好比，没有他脸上那股仙气。

老汉雕塑般站在我面前，对襟的马甲敞开着，赤色胸膛上的骨骼和肌肉一排排清晰可数，让我不禁想起小时候拉过的手风琴，我会拉罗马尼亚歌曲《云雀》，米斗，米斗，米搜搜米斗米来，法西，来搜，来法法米西来斗。他望着我无言，我看着他无语，亨利也沉默着，就这样六目相视了好一会儿。老汉问："娃，多大了？""十五。""他伸出手抚摸我的头发，刺刺啦啦作响。""娃，回吧，回吧。"

回营房的路上，我没责备亨利，这老汉仙风道骨，亨利未必能发现他。可亨利自己很失落，它不看我，我望它时，它故意扭过头，又好气又好笑。臭亨利，我还没说你，你倒来劲儿了。

事情至此并未结束。两天后的中午，连队夏季有两小时午睡时间，对那个年纪的我来说，两小时躺在床上睡不着会无比漫长，很无聊。突然，一阵紧急集合哨铺天盖地响成一片，似卤水点豆腐，把空气凝滞得像块琥珀。怎么回事，大白天为何紧急集合？亨利在我床前不安地转动，发出呜呜的咽呜。

跑出门外，全连已排成长长一列，望不到头。连长的脸铁青，释出无限的愤怒。我排倒数第二，倒数第一是亨利。只见连长从连部请出一位老汉，他肩上的挎篮里没有柴草，而是一堆早熟的柿子和梨。虽说任何时候都有早熟的水果，可一下采这么多很不容易，他这么大岁数，就算找到又如何摘下来呢？老汉站在连长身边局促不安，手都没处放。连长吼道，有人偷老乡的果子，我今天非处分他不可！老大爷，您帮我认认，只要是我的兵，绝饶不了他！连长话音未落，亨利的鼻子喘起粗气，它抬头看看我，又死盯着老汉不放。

老汉眼里冒出泪花，在正午阳光下闪着星光。他说："连长你搞岔了，我是给你们送果子的，当兵这么辛苦，为啥不能吃几个果子？""您咋知道有人想吃果子，肯定您看到当兵的偷果子了？""没有！""老大爷您听我说，您帮我认出这个人，就是给我们上了一堂生动的政治课，当兵的不拿群众一针一线，您就帮我个忙。"

老汉被逼无奈，跟在连长身后缓行。我拉低帽檐，早认出他正是把我堵在树下的老汉，完蛋了，刚当兵就受处分，妈妈知道岂不伤心死。我的心怦怦跳，深怀侥幸，希望不被认出来。没想到，当老汉走近我时，亨利突然叫起来，一声声对老汉狂吠，咋劝都不停。它一叫，全连都笑了，连长也忍俊不禁，立正，解散，陈九留下！

“是这小子？”

“不是。”

“真不是他？”

“真不是。”

“老大爷，您别怕……”

“我怕啥，不是就不是！”

说完他把一篮水果倒在我脚下扭头就走。他走得很快，沿弯弯的山梁，像越摇越远的船，风扬起他的衣角，似挥动的手，深情对我呼唤。亨利追上去，跑到一半又返回，我知道它想为我送送这位老人。

是夜，我取出一只梨。刚咬一口眼眶一热。我让亨利也吃，它舔舔梨，又舔舔我的面颊，不说话。我彻夜无眠，亨利一直伴着我。我恨自己长不大，离开父母呵护，生活竟如此坚硬，若非老汉心肠好，处分算背定了，以后还怎么混哪？亨利望着我，眼睛时睁时闭，不肯睡去。

可十五岁呀，一个躁动不羁的尴尬年龄。我心中的世界充满幻想，任何挫折无法淹没。处分毕竟躲过去了，躲过的灾难不算灾难，不足以唤醒青春的荒唐。那个年代，最压抑的就是与世隔绝，外面的世界到底是什么样，我充满好奇。

这天，我去山下买牙膏，发现柜台里有一款半导体短波收音机，试听时竟断续传出奇怪的中文，“……这里是，澳洲广播电台，下面播放二胡曲……二胡，也称中国的小提琴……”售货员一把夺过去：“嘿，当兵的，听这个是要进监狱的！”说着将收音机叭地关掉。我环顾左右，幸好四下无人。

“这个，卖吗？”

“卖呀。”

“我买一个。”

售货员说得没错。收音机虽然可卖，但偷听敌台确为当时一项重罪。所谓敌台，主指莫斯科电台、美国之音，还有这家澳洲电台。我明知偷听行为一旦败露会上军事法庭，将身败名裂，我甚至用拳头敲击头部，让自己清醒。但好奇心比性欲更加凶猛，青春的骚动像核弹或沙尘暴一样难以遏止。连亨利都觉出某种不祥，我一碰收音机它便往门口跑，鼻孔发出打喷嚏似的响动。

从此长夜不再安宁。为了安全，我不惜熬到后半夜，趁夜阑人静，我戴上耳塞走到屋外，把天线连到院子里晾衣服的铁丝上，这样会加倍清晰。我渐渐熟悉莫斯科电台那首《祖国进行曲》，还有美国之音欧阳天、沈红辉等主播的名字。我沉浸在莫名的亢奋中。然而，最刺激的时刻往往也是命悬一线之际，那根悬挂达摩克利斯剑的马鬃，终于绷断了。

那夜黑成一团，后半夜的月亮被山遮住，毫无踪影。亨利骚动着，凌乱的步伐像悲情的鼓点，时隐时现。我走到室外挂上天线，像往常一样聚精会神调整着频率，只听嗷的一声，亨利不见了。接着在不远的黑暗中，连长的惊叫与狗吠声爆发出来。亨利平时最怕连长，真敢咬他？可连长的叫声证实了这点，“你敢咬老子，你真咬啊！”我一把扯下天线，将耳塞和收音机统统投入炉灶中。黑暗中连长觉出附近有人，大喊道：“谁在那儿，是你吗陈九？赶快把狗拉开呀！亨利，亨利！”原来连长查哨打此路过，若非亨利，肯定跟我撞个满怀！

“你不睡觉搞啥鬼？”

“睡不着。”

“这狗咬人必须杀掉！”

“不行！”

“你懂个屁，它以后见谁咬谁，必须杀！”

长夜未尽。我的泪水和悔恨在黑暗中狂舞。亨利浑身哆嗦，在我怀中沙沙颤抖，再没见过哪只狗像它这样恐惧过。“连长要杀你，你跑吧，越远越好！”我怕它不懂，还特意做出杀的手势。

亨利望着我，突然转身，消失在夜幕中。

从那刻起，我接连三日高烧不退陷入昏睡，最后是吃了送果子的老汉一服草药才退的烧。有人对我说：“知道吗，亨利回来看过你。”“在哪儿？”“嘘，你可得想开点，一定想开点……”

汪班长

昨晚和战友聊天儿，说着说着说到汪班长。真快，四十年了。

汪班长是安徽舒城人，1969 年当的兵。他其实是我们连吊车班副班长，可大家都叫他汪班长，连我们班长也这么叫。开始我不明白，后来才知道，提拔他当副班长那天，连长问他：“知道副班长的职责吗？”他摇摇头。连长说：“副班长负责督战。上战场班长冲在前，副班长断后，谁逃跑就毙了谁。”据说当天晚上熄灯很久了，汪班长还不脱衣服。大伙儿问他咋了，他严肃地说：“不行，要么让我当班长要么另找人，都自己兄弟，就算有人逃跑我能下这个手吗？”打那儿他得了“班长”的称号。

铁道兵是个累活儿，施工休息时最大的乐趣就是凑一块儿抽旱烟聊女人。旱烟抽进去像条火胡同儿，极过瘾，里面掺了不少杨树叶子和人丹沫。汪班长抽烟非同一般。他先把烟抽进嘴里，再徐徐吐出，让烟聚成浓浓的一股，沿着上唇吸进鼻子，一点不糟蹋。每抽一口，他太阳穴上的伤疤就鼓一下，亮亮的。他说那是小时候后娘用熨头烫的。他母亲死得早，后娘进门就不让他上学了，天天放牛。有一次他把刚穿上的新球鞋丢了一只，找了大半夜也没找着，后娘就给他留下这个伤疤。汪班长又说，这不怪她，一双球鞋几个工呢，乖乖，多少钱啊。

连队里把已婚和有未婚妻的战士统称为“有女人的”。汪班长有未婚妻，那天下工洗澡时，他把未婚妻的照片忘在床上，两个长辫子，背后写着“如影随形凝眸远眺”，看来是读过书的。汪班长每次给未婚妻写信总说“我要写家信了”。我笑他：“瞧你美的，不是还没结婚嘛。”可下次他还说“我要写家信了”，一副笃定的样子，让人不禁嫉妒他那副自信劲儿。这种事轮到城里人怎么就变得复杂，谈起来没完没了。

汪班长爱喝酒，但喝不多，二两白酒脸就红，话也多起来。他说想给后娘买件新衣服，老太太一辈子拉扯孩子不容易，又说复员后想办所小学，老婆教书他做饭。铁道兵战士大都来自艰苦之地，尽管如此，可谁不说俺家乡好呢？东北兵说他们家乡离大庆油田很近，他舅舅给“铁人”王进喜送过饭。山东来的说革命老区贡献有多大，“红嫂的故事”就发生在他们村。汪班长那天多喝了几杯，说起安徽老家没完没了。“乖乖，咱们家乡”，他老爱说“咱们家乡”，好像每个战士都跟他一家子。

“咱们家乡过年炸的散子随便吃。”

“咱们家乡的羊有牛那么大，好拉车。”

“你那儿疙瘩有大马哈鱼吗？”东北兵开始找他碴儿。

“啥子？蛤蟆鱼啊，有。”

“你们可有大熊猫噻？”四川兵也加入。

“有。”

“咱们家乡有北极熊吗？”我其实开他个玩笑。

“也有，山里有。”汪班长毫不犹豫地回答。

我把他扶到床上，我知道那个“有”是一种不容挑战的信念。

山里的夏天炎热而宁静。那是个难忘的下午，斜阳懒懒地在山头徘徊。连长让我们把停在铁路上的矿山斗车吊下来，明天好进行维修。我和汪班长把吊车开到离斗车很近的地方，发现那里土质太软，固定吊车的千斤顶根本吃不上劲儿。我们只好把吊车往后倒。可是离斗车距离一远吊杆就不够长，只好用钢丝绳先把斗车一点点斜着拉过来，拉到离吊车较近的地方再起吊。我把钢丝绳挂好，挥手向坐在驾驶室里的汪班长示意。他和往常一样伸出大拇指表示确定。钢丝绳开始轧轧作响，两吨多重的斗车慢慢向前挪动，看来一切都在汪班长的掌握之中。

然而，由于地面凸凹不平，斗车的高度很难把握。这边够高那边不够，那边够了这边不够，总卡在什么地方动弹不了。折腾来折腾去我们真有点儿烦了。紧接着，我听到发动机轰轰作响，汪班长又一次提升斗车的高度。就在这时，斗车突然悬空，像只巨大的怪兽朝汪班长的驾驶室撞去。没等我喊出来，只听咚一声巨响，斗车撞到驾驶室，撞翻了吊车。我叫喊着冲了上去，看到驾驶室被压得只有拳头那么厚。汪班长苍白的面孔上全是血，安详而平静。我拼命喊他拉他，根本拉不动。最后连长命令用气焊割开驾驶室，一定救出汪班长。红红的火烧烂了他的衣服和皮肉，焦灼的味道让每个人喘不过气来。等把他抱出来，人已经不行了。

他被安葬在吊车翻覆的地方。未婚妻的照片和未发出的家信放在他的怀里。几年前回国我约几个战友去找汪班长的坟，没找到。只有青山绿水和风的呼唤声，像当年一样美好悠扬。是啊，总有些什么是无法改变的。

石山山

都说北京的魅力在秋天。当金风四起，黄黄的槐树叶在蓝天里飘，我会沉醉得喘不过气来。这时总会情不自禁想起很多往事，特别是一个小学同学，石山山。

北京东城区的府学胡同小学过去是个衙门，著名抗金英雄文天祥就曾被关押在这里。院子里有棵朝南斜着长的老槐树，据说为文天祥当年亲手所植，以示其心向南宋王朝的忠诚。那时不懂事，总沿着树干往上爬，爬到最高处，看周围的四合院儿，伸手抓屋檐上的鸽子，还可以向树下的同学炫耀自己。谁知上去容易下来难，而且下来时往往是在老师或工友们的呵斥下，战战兢兢，边爬边出虚汗。这时，一双手抱住我，把我抱了下来。

“你叫石山山？”

“嗯。”

石山山看上去大我几岁，他在我们班个头最高，一片黑头发上就他这个大脑袋。他不爱说话，老师叫他总要喊两次才答应。那年入秋，北京格外湿润凉爽，地上长着翠绿的青苔。我们这帮秃小子仍穿着短裤上学，站队时是清一色的“麻秆儿腿”，瘦瘦的。七八岁的男孩儿，那时又没什么好吃的，可不就这样。不过也有例外，光是看腿，瘦瘦瘦，咣，一下冒出一双胖腿来，圆乎乎的，没错，一准是石山山。我对他说，石山山，咱玩骑马打仗吧，你个大你背我。他也不说话，往地上一蹲。我俩打遍天下无敌手，好好出过一把风头。这个石山山也怪，班里的打架大王那仁清，祖上是王爷，也想让他背，他就不答应。石山山个儿高，说不干就不干，谁也没辙。

石山山不怕愣头愣脑的那仁清，却对班长段桂玲退避三舍。段桂玲很厉害，谁要犯错，她总用手指着对方问：“你在队旗下怎么宣誓的？”一个深秋傍晚，天已大凉。学校那时实行两班制。我们是下午班，放学时天也暗下来了。打铃的伯伯一摇铃铛，哗啦哗啦，大家就往外跑。这时不知谁撞了石山山一下，他往后一闪不小心撞倒了少先队旗。队旗一角掉到脏水桶里，正好被段桂玲撞见。她立刻叫起来：

“石山山，你这个右派子弟，你对队旗什么态度？”

“不是我，是……”

“还赖，我亲眼看你撞的。”

……

我都冲出教室了，听到后面段桂玲尖锐的叫喊又返回来。只见石山山坐在地上哭泣，一手紧握旗杆，另一只手不断地把被弄脏的旗角往自己身上抹，想把脏东西擦掉。我一把搂住他，看他的抽泣像潮水似的一波又一波，可居然没有一丁点儿声音，好像悲伤是从一个很遥远的地方流出来的，永不枯竭。回家路上我问别人，什么是右派？大家说了半天也没说清。不过同学们都说段桂玲就会训人，真讨厌。还有人说她家就住府学胡同东头的大杂院里，那个院子原来住过一个大坏蛋。

“你说的那个坏蛋叫什么？”

“好像是段什么瑞。”

“段什么瑞？也姓段，别是段桂玲她爸。”

“弄不好是她爷爷。”

“对，下次她再骂石山山，咱就骂她是段什么瑞的孙女。”

“段什么瑞呢？你丫真笨，连名字也闹不清。”

三月天孩子脸，是说天气善变。可孩子的脸真是善变，刚才还好好的，一会儿就闹翻了。有一回交作业，我发现两道题忘了答，连忙找石山山，让他给我答案抄抄。他也不知来哪门子劲，就不让抄。他也不说不，而是憋着，涨红了脸，说破大天就不给我。可时间有限，急得我呀，最后不知怎么冒出一句：“你这个右派子弟。”说完就后悔了。那种难过的感觉至今还记得，脸发烧，浑身发软，还得装着不在乎。石山山没看我，他两眼不动，就这么朝前望着，脸红到脖子，一股厚厚的泪水从眼角流下来，落在我手背上，又从我的手背流到地下。

石山山没再跟我说话，骑马打仗他也躲得远远的。我总期待跟他和好，经常用目光试着与他交流，下学时故意走在他后面，可他都熟视无睹。石山山住在我家隔壁的院子。后来才知道那个院子最早是吴三桂为陈圆圆盖的宅子。以后落到一个黄姓南洋商人手里，黄家女儿嫁给了民国早年外交家顾维钧，所以它又成了顾府。1925 年孙中山北上再造共和就住在这个院子，最后也死在这里。著名的总理遗嘱“革命尚未成功，同志仍须努力”就是在这里诞生的。

这个院子靠近我家院子墙边有棵大枣树，上面的枣又大又甜，形状像草莓，大得像鸡蛋，掉地上摔成好几瓣儿。可它离墙有些远，非得从墙头拼命一跃才能够到，弄不好就掉下去！那是个初秋之夜，月光如水，风吹着大枣树发出沙沙的响声。我和几个同伴望着它发呆。我想起石山山，心里好不是滋味。一个小子激我：“你要能上去你是我爸。”不知怎的，我猛地站起来蹿上墙，铆足劲往前一扑，抓都抓着了，可脚下没勾住，晃了几下，咚一声掉了下去。等我爬起来，只见黑压压的人群和无数愤怒的眼睛落在我身上。人群里骂声四起，打死他，绑起来送民警那去！我心想完了，挨打是轻的，弄不好得进派出所。正当绝望之际，一个力挫群雄却仍显稚嫩的声音突然从人群中吼出来："住手，不许动他。他是我同学，放了他！"石山山？是石山山。只见人群闪开，月光下石山山走向我。他一把拉住我的胳膊，拽起我就往外走。他的手很用力，好像生怕我会被别人抓回去。走到大门口，他说："快回家吧。"说完往我手里塞了个纸包，转身关上大门。我打开纸包，是几个枣。那晚的月亮好大，静静照着空旷的张自忠路。

第二天上学，我红着脸朝石山山微笑，他也用微笑回答我。我告诉他枣子真甜，他笑笑，还是一张憨厚的脸，柔和地说话。当然，又开始了新一轮骑马打仗。日子就这么过着，秋霜起了，金黄的槐树叶落下来，扫了一遍又一遍。我们觉不出在长大，可裤子短了，吃得多了，连头发都越来越硬。我们已转成上午班。清早上学时可以闻到新鲜空气伴着生炉子的烟味儿，诗一般在胡同里回荡。可石山山今天怎么没上学呢？他从不落课，今天他怎么没上学呢？我想问，又觉得明天肯定能见到他，便没张口。第二天没有他；第三天，第四天，还是没石山山的影子。我忍不住问老师："石山山呢？"老师在判卷子，没抬头说："他家搬走了，搬外地了。"我脑子轰地一下，泪水夺眶而出。心里映出石山山无声哭泣的面孔，我学他不出声，泪水淌个不停。旁边同学问：“你怎么哭了？”我再也忍不住，哇地一声哭出来。拼命哭，尽情地哭，哭得什么也听不见看不到。

石山山不见了。后来我做过一个梦，我俩一块儿上学，走着走着，他说要回家给我摘几个枣，让我在那儿等他。我就这么等着，一步不动。秋晌的日头挂在胡同口的老槐树上，炊烟像雾一样轻轻挥散。

一把京胡

我家墙上挂着一把京胡，京胡是专门为京剧伴奏用的胡琴。客人们看了总让我拉一段，我说“不会，真不会”。小时候练过不少乐器，钢琴、小提琴、手风琴、吉他什么的，可没一样行的，都浅尝辄止，说来惭愧。

不过提到京剧，我总忘不了过去在天津的一个街坊，邵家和，他就住我家旁边的院子里。

据说他曾是京剧大师马连良的徒弟，后来因为得了一种怪病，着凉就抽风，唱不了了，赋闲在家。那是二十世纪六十年代中期，我上小学，每天放学总看他坐在街角树荫下，徐徐摇一把蒲扇。那时他也就二十来岁，瘦长脸，和旁边乘凉的老头老太太很不搭配。我一走过他身边他就冲我笑，这让我好奇。那个初秋的傍晚，天气凉爽，斜阳把树影拉得很长。我路过邵家和身边，他突然叫住我：

“胖子，陈大爷让我教你唱戏。”

“是吗？”

“你这小模样行！”

在天津，街坊邻居都按一家人称呼。比我爸小的男性长辈我叫叔，比我爸大的就叫大爷。我爸比邵家和他爸年龄大，所以他叫我爸陈大爷。我不知所措，一溜烟跑开。我觉得他说的天津话跟别人不一样，像唱戏。

从那天起，我就跟邵家和学唱老生戏。每天放学，把书包一扔，就奔出去找他。其实说找他并不准确，因为他早就在街角的树荫下等我。一见到我就高兴地眯起眼睛喊：“胖子别跑，摔着可不是玩儿的。来，先来根儿冰棍儿凉快凉快。”说着从兜儿里掏出个五分钢镚儿，递到我手里。我开始不要。因为家里大人知道了是要打的。邵家和看出我的心思，便说：

“怕吗的，这是陈大爷让我给你的。”

“真的？”

“可不真的，快拿着，瞧这一头汗。”

每天学戏，都从这一根冰棍儿开始，吃好再唱。“劝千岁，杀字休出口，老臣与主说从头……”他一句我一句，还打着点儿。如果唱错了，他会突然让我停下：“打住打住，我说吗来着，这个‘说’字得上口，要落在‘约’的韵上，说——约。再来再来，早知你这么笨就不受这份儿累了。”可我要是生气起身欲走时，他又说：“得得得你厉害，小祖宗，咱接着来。”

他有时还会摇头晃脑用那把京胡为我伴奏。他说这琴是马连良马老板送给他的，谁都不让摸。我唱的时候要么快了，要么慢了，总压不上点儿。这时他就嘬着牙花子说：“你怎么回事，跟着弦儿啊，过门儿没完就出来了，忙吗呀你。”可我并不怕他，还会搞恶作剧，故意不跟他的弦儿瞎唱。他装出生气的样子：“你要再这样，我可告陈大爷了。学吗都得认真，人活着就得认真，对吗？”

后来骤变，我就很少见到邵家和。听说他病得更厉害了，三天两头犯。也有人说他家是资本家，黑五类。那年我当兵离开家的前几天，再次路过曾经跟邵家和学戏的街角，那棵老树上沾满了破破烂烂的大字报纸。我走过时就觉得什么人在树后挪动，临近一看竟是邵家和。

他更瘦了，头发长长的，胡子凌乱不堪，看上去老了很多，憔悴了很多，他手里端着那把曾经为我伴奏的京胡。“家和哥！”我几步跨到他身边。

他冲我微笑：“胖子，我等你好几天了。听说你当解放军了，多好啊，多光荣啊。你看也没吗送你的，这把琴留个纪念吧。”我接过琴，望着他匆匆的背影消失在暮色里，泪水止不住淌下来。又过了两年，我回家探亲。我对我爸说：“我得去看看家和哥，一想起他心里就不踏实。”爸爸望着我犹豫了一下：“他死了，死了好些日子了。”“吗玩意儿？”我的心揪成一团，跑去敲老邵家的门，没声音。

很多年了，我一直珍藏着这把京胡。有时也唱两口皮黄，可我喜欢没人时自己唱，这样我就能看见邵家和的影子，又在我眼前轻轻晃动。

Wild Grass Grows Wildly

错认他乡

Part 2

我想把每根细丝首尾相接，连呀连呀，连到海角天涯，
连到所有干渴的鱼和期盼春天的人们身边。

青萝卜丝之恋

今日立春，京津一带有吃青萝卜的习俗，俗称“咬春”。就这个“咬”字，越想越感动，在私下很多纯真场合咬就是亲，亲吻的亲，拼命亲就是咬，把爱的渴望变成疼痛，爱得都痛了，那才是到顶的爱。咬春，渴望春天都到顶了，亲都不够，非把你咬出来，春天能不来吗？要我早出来了。

也就在咬春前两天，我敬重的白舒荣老师邀我和几个朋友，到京味儿餐馆惠丰堂相聚。当时并未说咬春的事，但晌午的响晴薄日和隐隐暖意，却让人感到初春的萌动，甚至下出租车时我因此而轻佻起来，司机说找不开，我答曰别找了。司机说那不行，我说这么好的天儿，怎么都行。

没想到饭局伊始一飞冲天，让人喜出望外。我是初客，除了作家张执任夫妇是老朋友，其他均首次相见。白老师把他们一一介绍，有作家有主编，有教授有官员，其中两个当过兵，一个还是我铁道兵战友，虽说当年在部队不认识，铁道兵情谊管你认不认识，我们的命运血乳交融，天下老铁是一家。统计数字显示，和平年代铁道兵的牺牲最多，超过所有作战部队，你说，活下来的能不是兄弟吗？

这么一来我有点儿绷不住，本来按社交路子走，初次见面理应谨慎，显得像那么回事，别让人家轻瞧了。可此情此景你说咋办，理性就算是碉堡，架不住情感是黄继光，玩命也得炸了那理性。正赶上人家给我斟酒，刚想说不会喝，不行不行多了多了，不都这路子吗？面对眼前一见如故的老友亲朋，“不会喝”仨字真说不出口，人生得意须尽欢，你个小文人，李白的话都敢不听，拉出去毙了。

事情至此还没完，都说福无双至祸不单行，今天却逆天了，好事成双凑一个喜字。席间有位从天津赶来的刘律师，多才多艺且擅长相声，浑身满载浓郁的幽默感。偏巧我也喜相声，两好合一好，把我最后一道矜持防线彻底击垮。有两种情况我爱说天津话，一是做梦，再就是撒酒疯，于是我俩上句接下句，双哏并举，把饭局改堂会了。不知你发现没有，相声里的天津话有音乐般的美感。

与此同时局面盛开，时光花朵般绽放。所有作家编辑教授官员同志们，都情不自禁投入到情感的汇集中。青青子衿，悠悠我心，采菊东篱，大江歌罢。我听出来了，文人说采菊东篱不能当真，抹干眼泪又是条好汉，谁怕谁呀，大江歌罢才看两脚泥。这种氛围令我动容，久违了老天爷，真是凤还巢龙归海，闹半天我一直就是条躺在旱地的鱼，熬到今天实属不易。说撒哈拉沙漠有种鱼，能在沙漠里等待雨水，一等就十来年。我说哥儿几个，为撒哈拉的鱼喝一个，干了。

有个细节差点儿忘了说。刘律师打天津来时，带了几个卫青萝卜。何谓卫青萝卜？此乃萝卜中之极品，连皮带芯儿一码绿，沙啦啦脆甜。我估摸他想让我们咬咬春，咬出个春天吗，天津人讲究这个，中华文化的老传统老习俗好多地儿都忘了，天津忘不了。可大家聊得太过尽兴，一激动把这茬儿忘了。刘律师不好意思提，只得请餐馆大厨帮忙切成条儿，让各位品尝品尝。没想到这位大厨理解有误，还以为拌面呢，愣把好好的萝卜切成一大堆能穿针引线的细丝。大伙儿这顿乐，开刘律师的玩笑。他干没辙，生米熟饭，只能点头认栽嘬牙花子。

当我独立斜阳寂寞远眺时，当我渴望咬出春天时，那堆穿针引线的青萝卜丝竟呼地涌上心头，丝亦思，让我有难以克制的冲动。我想把每根细丝首尾相接，连呀连呀，连到海角天涯，连到所有干渴的鱼和期盼春天的人们身边。对我们来说，冬天已经太久了。

你说，他会不会串通大厨故意切成丝的呢？

年轻的国旗

我确信这是真事，因为是老吴告诉我的。老吴是我当铁道兵时的战友，当年在同一口锅里搅马勺，同个掌子面儿上抡大锤，同个大池子里泡澡，同哭同笑，可惜没赶上大塌方，要不然还同年同月同日死，他的话不信，信谁的！

回国与老战友相聚，说不完的话。也怪，你说这三十多年过去了，我都觉得老了，可战友一见面，岁月全部作废，大家顿时忘了年龄。三十年前的架接着吵，就你，好容易攒两包烟还让你偷了，“你个瘪犊子”。三十年前的温情依然健壮，看着那些女兵，浑身还会火辣辣的。我们聊啊聊啊，餐馆打烊仍未尽兴。有人喊，不行，到酒店开房接着聊，自愿组合。女兵哇地尖叫，跟当姑娘时一样娇嫩。老吴这人不爱说话，说出来就是经典。他冷不丁冒了句：“这有啥好叫的，咱们之间干啥都不过分。”大家面面相觑，可并无异议。最后分房当然还是男归男女归女，人嘛，有儿有女的。

我跟老吴一屋。没想到他告诉我，他女儿珍妮就在美国缅因州读大学。我忙问要不要关照一下，孩子小，又是个女孩儿。老吴笑笑，甭管她，让她自己闯。咱当兵时才十五六岁，谁管咱来着。接着他讲起珍妮在缅因州的一件事，让我难忘。

那是个小镇，名字老吴说不清。小镇只有这所大学，大学便是那座小镇。这在美国很普遍，我读研究生的大学就在个叫雅典的小镇，学校要是搬家，小镇就得关门。珍妮那所学校不大，但哪个国家的学生都有。中国来的一共五名，巧了，全是女生，名副其实五朵金花。五个姑娘萍水相逢，特定环境下马上结成死党，同吃住同进出，像一家子出来的。其实本来就是一家子。

珍妮是五个人的头儿。与她爹不同，珍妮爱笑爱唱爱运动，是体校游泳队出来的。有一回在学校游泳馆遇到个美国女生，独霸一条泳道，珍妮刚下去她就说："你不能在这儿游，这是快道。"珍妮客气地回答："我游得不慢。""那也不行，你必须到慢道去。"同伴们劝珍妮，别跟这种人计较。珍妮则反问美国女生："你怎么知道你比我快？咱俩比，你快我走，我快你走，怎么样？"周围人马上叫好："对，比比嘛。"结果呢，珍妮四分之一领先，百米自由式。游泳比赛四分之一领先啥概念？败者基本上算不会游。

学校每年春天搞一次隆重的国际街坊节。趁春暖花开，在小镇主要街道广场上，禁止车辆通行，让各国来的师生，穿上民族服装载歌载舞，在当街摆摊儿，卖自己国家的食物和工艺品。到那天，各界名流还有方圆多少里的男女老幼都会前来凑热闹，在此欢歌笑语，吃喝玩乐。把整条街，整座小镇翻它个底儿朝天。

五朵金花耐不住好奇，头天就跑上街看街坊节的准备情况。她们要挑选有利地形，来个穿旗袍炸春卷，外加毛笔字，够中国味吧？把老美的名字翻成中文写在纸上，五毛钱一份，春卷也五毛，儿童免费。几个姑娘这儿走走那儿看看，踌躇满志嘻嘻哈哈。突然有人说："好像，我好像没看到中国国旗。"广场上空飘满各国国旗，赤橙黄绿青蓝紫，她们一面面数过，汤加的，吉布提的，摩尔多瓦的，就没中国的，咋回事？大家万分疑惑，问这个问那个，一名巴基斯坦女生愤愤不平地说，她在这儿读书五年了，从未见过广场上有中国国旗。什么，竟会这样！

姑娘们一下懵了，她们从未感到，国旗对自己竟如此重要！要不咱别摆摊儿了，让人家笑话。是啊，别人要问怎么说呀？给校刊写信，问问凭啥偏没有中国国旗？珍妮的脸涨得通红，跟国旗那么红。文章可以写，但远水不救近渴。"现在只有一条路。""什么？""找校长当面问清楚。""找校长？""对。"珍妮拔腿要走。"等等，咱们一块儿去。"姑娘们捆成一捆儿，碧草蓝天，午后斜阳映着她们匆匆的背影。

美国的大学校长往往是智慧与信誉的象征。即便如此，这位白发苍苍的校长先生面对为何蒙古的都有，却偏没中国国旗的提问，还是很显窘迫。“是吗，让我了解一下，保证尽快答复你们。”“好，”珍妮说，“明天就是街坊节，我们只好就在这儿等答复了。”说着五朵金花走出办公室，在门前的草坪坐下来。天角渐渐泛黄。春日黄昏既短暂又简单，像脸盆里的水，一眼望到底，洒洒就没了。当校长再度走出办公室，夕阳已在天边闪烁。后来才知道，校长为国旗之事刚开过电话会议。多数校董都同意悬挂中国国旗，并为这个疏忽向中国同学道歉。校长对姑娘们说：“我为这个疏忽表示歉意。明天一早，你们会在广场上看到中国国旗的。”“真的吗？”“真的。”

那本该是个安详的夜晚，人在满足后睡得最甜。万万没想到，晚饭过后都好一会儿，珍妮她们突然接到校长女秘书的电话，她说，找来找去，就是找不到一面中国国旗。“你的意思是，明天广场上无法出现中国国旗了？”“是的，不，不是这个意思，我只是说，我找不到中国国旗。”“如果我借给你一面你会挂吗？”珍妮问。“你是说你有？”“对，我有。”“那，当然，当然要挂。”“好，一言为定，明天一早广场上等我。”

“你有国旗？”姑娘们把珍妮围起来。“你咋不早说？害我们紧张半天，死多少细胞。”珍妮红着脸低下头，憋了好一会儿才说：“对不起，我没有。”“没有？”“那你怎么说有？”“可我不信就找不到一面中国国旗！”姑娘们立刻打电话到北京、纽约，到所有可能有国旗的地方，最后终于联系上位于波士顿郊外的哈佛大学中国同学会，他们答应借给她们一面国旗，两面也行。“可怎么寄给你们？”电话里的人问珍妮。“麻烦你把国旗放在你家门前的信箱里，我这就去取。”“珍妮，你疯了？”珍妮笑笑说：“开车单程五小时，争取九小时赶回来。”“你们明早直接在广场上等我，别忘了帮我带上旗袍和化妆盒儿，咱广场见。”

没细问那一夜姑娘们是如何度过的。特别是珍妮，迷过路吗？吃没吃罚单？饿不饿？打盹儿了没有？可以确定的是，当太阳升起时，广场上的中国姑娘是五名，一个也不少。珍妮把鲜红的中国国旗交到校长手里。就在校长秘书升旗的瞬间，姑娘们一字排开，请校长为她们在国旗下合影。“一,二……”校长喊着。“等等！”说着珍妮挽起身旁两位姑娘的手臂，接着她们每个人都相互挽起手臂。“现在可以了，校长先生。”

清晨很美，像一支奏鸣曲，随风飘荡。

每逢中秋倍思亲

哪里的月亮最圆的争论由来已久。如在国内，这个争论怕难有什么结果，就像守在爹娘身边的孩子们，非争爹好还是娘好，爹好娘好反正都在身边，你高兴时他微笑，你痛苦时他叹息，锅里有吃的炕上有盖的，什么好不好，都好。

可漂泊在外的人感觉就不同了。比如像我，家山万里，异国飘零，当你真正懂得什么是无助时，到底何处月亮最圆，就不是问题而是结论了。金窟银窟比不上家乡的草窟，千好万好比不上爹娘好。

又是中秋，这个思乡的节日总会带给海外游子许多感慨。

退一步讲，你在国内任何城市里蜗居，中秋节返乡还是很方便的。你可以回到爹娘或妻子孩子身边，与最亲密的人儿同伴一轮明月，爹，娘，我敬您二老；老婆呀，辛苦你了，来，干了这杯，什么都不说了，都在酒里。皓月当空，浅酒微醺，那种温暖是难以言表的，温暖是一种环境，是把你包起来的感觉。

可在纽约，我在纽约度过二十五个中秋，有快乐和温情，也有小家庭，但没有被包起来的感觉。吃月饼还是高兴的，但心底潜伏的孤寂与寥落，总是如影随形驱之不去。在纽约过中秋，这个节日是靠心里记住的，自己要早早到中文月份牌上寻找，是哪天，星期几？你工作单位的同事没人在意这个时刻，即便你解释给他们听，中秋节，就是美国的感恩节，家庭团聚的时刻。他们会说，是吗？吃那个圆圆的点心吗？不过太甜了，放太多糖了。你说气人不，谁跟你说放多少糖，这是问题重点吗？说不通，说不通呀，这时你就明白什么是孤单了。

在这样的环境里，吃再多月饼，喝再多酒，还是找不着北，找不到家的感觉，团聚的感觉，那种感觉应该是街坊四邻，大爷大娘，七大姑八大姨，红衫绿袄云鬓花黄，像和面一样揉成一团，分不开扯不烂。而纽约的中秋夜静悄悄，圆月当头，怎么看怎么觉得比中国的小，距离也远。中国的中秋月是女人的笑脸，抱过来就能亲一口，这里的月亮冷冽怪异，可望而不可即。

每次过中秋的程式基本相同。先看好是不是周末，大多数情况都不是，第二天还得上班，所以只能象征性地弄弄。妻子早点下班，买些冷肴，炖个火腿粉丝白菜砂锅，再炒两个热菜。我准备酒，把存放多年的西凤酒打开，接着就等候一家人吃顿饭，分享月饼。就这么简单的仪式往往也难实现。两个上高中的孩子，一个说放学路上吃过饭了，另一个要去同学家做集体作业，美国有种家庭作业是由几人一组共同完成的，一声再见人已跑远。这些孩子缺少中秋节的概念，他们面临考大学的沉重压力，很难责备他们。

此刻，只剩下我们两口子。你看我我看你，“来，老婆，先敬你一杯，你辛苦了，当然，我也辛苦了，咱俩都辛苦了。”中秋之夜啊，反倒觉得更孤独了，我们像漂在海上的小船，随波逐流风雨同舟。接下来是给国内的父母打电话，“妈妈，您好吗？吃月饼了吗？身体好吗？天气冷不冷？看见月亮了吗？圆吗？我们啊，我们还好，身体还行，孩子们也好，您老两口注意身体啊，妈，我，我想你。”

每个中秋夜都在安静中悄然度过，除了中国城几家灯火通明的餐馆商铺，马路上没有一丝与往常不同之处。我往往在临睡前独出门外，眺望一下树影支离的明月，轻轻梳理如潮似水的心境。故乡，故乡的人们啊，思念你们是我的信仰我的宗教，是我不能再失去的全部所有，守梦人是孤独的，无梦人是悲惨的，我宁可守梦宁可孤独。无论是今夜月明人尽望，不知秋思落谁家，还是西北望乡何处是，东南见月几回圆，我守望的何止是人们，更是情感文化，是我无法更改的灵魂。

再回到哪儿的月亮最圆的命题上，两个字，未曾张口，泪已千行。

我的，故乡啊。

在纽约戴口罩的不同感受

今天国内传来好消息，武汉市新增确诊病例为零，疑似病例为零，湖北省新增确诊病例为零，疑似病例为零，全国三十一个省（自治区、直辖市）新增病例为零，整整五个斗大的零字，像花朵一下闪闪绽放，顿时充满欣慰。真是不容易啊，这个“不容易”都得含着眼泪说，我说不出为什么会热泪盈眶，就是深深的感动。

然而此时我身在的纽约，新冠肺炎疫情仍意犹未尽方兴未艾。昨天州长市长下通知，所有学校关闭，所有餐馆酒吧关闭，禁止十人以上聚会，全都回家待着。与纽约一河之隔的新泽西州为此竟宣布宵禁，晚上十点后不许出门。几天前国民警卫队还接管了纽约上州的新罗谢尔市，那里有个海鲜餐馆“海鲜山姆”很出名，当年为赶潮流吃过几次，结果此地发现一名“毒王”。州长当即宣布该市为“控制区域”，马上派兵接管，荷枪实弹戴着口罩手套，枪口朝下怕误伤行人，这是规矩，《纽约时报》的通栏照片十分醒目。

在纽约住了三十载，最严重一次天灾莫过2012年10月的桑迪飓风，那不是一般的厉害，是相当的厉害。当晚月黑风高，我家门口的老橡树很粗的，三人才抱得过来，只听咔嚓一声被拦腰截断，还好是朝马路方向倒的，纽约人行道的树都由政府种政府管，他们种树故意往马路偏一点，万一倒也倒在马路上，很讲究。当时曼哈顿下城的变电枢纽站被飓风掀起的两米巨浪吞没发生爆炸，只见蓝光闪过全城一片漆黑，所有供电系统公交系统通通瘫痪。哇嗷，你是没见那阵势，满街断枝落叶残砖碎瓦，我天没亮顶着飓风残部开车独闯曼哈顿，我女儿住在中城，电话不接，这臭孩子，我老泪纵横也得把她捞回来，真是难忘。

此刻新冠肺炎疫情比桑迪飓风严重太多，不可比。飓风是纯洁的，力量型的，性情中人不玩阴的。可病毒不行，病毒是罪恶阴柔诡计多端的，专为杀人而来，这谁受得了，传染面前人人平等，再牛也没戏。刚开始没想到这么邪乎，看大家满街溜达稀松平常，也没戴口罩，健身房不少人还在练各种器械，一身腱子肉嘎嘎作响，我喜欢这个，跟着学，没觉得有何不妥。未曾想风云突变，州长市长突然宣布纽约“封城”，跟封城差不多，全关闭不等于封了吗？州长叫科莫，这家伙还不错，他的立场介于民主共和两党之间，特别是移民政策比较温和，咱少数族裔首先看移民政策，再有钱也改不了黑眼睛黑头发。

紧接着电话就打进来："九哥囤货了吗？""囤货？""咦呦，还等什么呀你，赶紧去Costco囤货啊，再晚什么都没了，听说快高潮了，弄不好封城封到五月，看你吃什么擦什么？"这么一说我开始紧张，才发现冰箱半拉是空的，手纸也不多了，想想不免尴尬。当年铁道兵，五年间什么都用过就没用过手纸，不也挺好，人是就高不就低，没法子。正欲起身去Costco，又遇到新问题：戴不戴口罩，不是说有人戴口罩挨揍了吗？最后结论是，保命要紧，咱还是戴上口罩勇闯Costco。

其实说勇闯是给自己打气。逼近入口时我尽量低调，不往两边看，径直往里走不跟人对眼儿。没想到迎面看见一老外也戴口罩，属我同类。这下就有底了，有戴口罩的还担心什么。还别说，人家老外有进步，前些天还嘴硬呢，不戴不戴就不戴，翻译成天津话就是，介有吗，别跟我打镲，不奏病毒吗，当年佛罗伦萨，黑死病我都不怕，有吗呀，你们戴口罩的忙活半天，不也没出《十日谈》吗？看来文学更重要，搞历史的干不过写小说的，实的干不过虚的。

话又说回来，虽然有戴口罩的，但凤毛麟角，大多数还是亚裔。好在Costco会员亚裔很多，并不太显孤单，加上心思全在抢货上也顾不过来。要说抢货真得手疾眼快，所有手纸、餐巾纸、擦脸纸几乎全光了。所有漂白水、来苏水、湿巾也都没了。平常买东西还挑个牌子，有一种叫"察明"的手纸质地柔软，甚为舒适，比“斯各特”强多了，现在货架上只剩两包斯各特，买不买？捡到篮子里就是菜，别琢磨赶紧着吧。波兰香肠也没了，它的味道很像稻香村的蒜肠，是下酒之必备。问服务员还有吗？人家不说有也不说没有，估计看我戴口罩烦我，大吼一声说：“都在这儿了，找着就找着找不着就找不着了！”好嘛，吃葡萄不吐葡萄皮儿，跟我这儿说绕口令呢，有本事找德云社比划去呀，怎么说话呢？

赶最后结账，咣啷，口罩问题还是浮现了。收银员是个二十来岁的小伙子，个儿不高挺瓷实。我递上现金，美国花现金仍很普遍，他一张张数，边数边絮叨：“你知道吗，戴口罩没用的。”“是吧。”我打着马虎眼，心说赶紧交钱走人。没想到他又数一遍，十分严肃地对我说：“你戴口罩很不公平的，等于把病毒给我了，知道吗？”我不大明白：“怎么把病毒给您了？”“当然啦，你戴口罩我没戴，病毒来了肯定传染我不传染你，大家得公平吧？”那您戴上啊？“我不戴，戴口罩没用！”听到这儿我只有沉默，这哪是病毒问题，这是社会问题，当有人急赤白脸跟你争论公平时就快吵起来了。好在钱也收了收据也给了，我赶紧头也不回地垫步拧腰撤离现场。

这可以看作我今天的日记。在遥祝家乡走向正常之际，我们正小心翼翼地在异乡活着，等疫情过去，等天下太平。

Wild Grass Grows Wildly

阳光灿烂的日子

Part 3

一辈子最让人满足的不是财富也不是地位，而是遇到的好人，爱你的人，欣赏你帮助你的人，还有那些美好的时光和情感，只有感恩他们才能印证自己没白活一场。

跟妈妈讲过去的事情

妈妈今年九十三岁，还是举目河山的脾气。跟她聊天无论说到哪儿，都归到家国兴亡世事浮沉，往往还要与家族荣辱挂钩。她那代人经历过颠沛流离国土沦丧的耻辱，也有过碎齿明志奋起抵抗的豪迈，加上她又是学历史出身，思维模式早凝结成打不开的中国结，与国家民族难解难分。这两年她相继置换了双侧股骨头，我大老远赶回来陪她，每天与妈妈聊天便成为必修课。从春秋五霸到战国七雄，再从家世起伏到我的成长，在记忆里，我从未跟妈妈有过如此密集的交流，面对面说过这么多话。窗外正是热电厂的长烟囱，像巨大的日晷见证着时光，为我们母子的交谈轻轻歌唱，天地静好，日出日落。

那天聊起我当兵时的曹指导员。当年连长因一场误会非要处分我，正一筹莫展之际，曹指导员把我叫到连部："连长要处分你，知道不？""知道，一个处分扛着两个处分挑着，有啥了不起的。""熊孩子你傻呀，听叔的，赶紧去连长家，进门就冲他老婆李阿姨说，连长要处分你，李阿姨喜欢你，连长又怕老婆，保你平安无事。”我按曹指导员说的办，进门就喊：“李阿姨您得为我做主，连长非处分我，咋整？”李阿姨东北人，大嗓门：“咋回事儿，连长要处分你？哎哎哎，你要处分小陈啊？你凭啥处分他？别吃了别吃了，整明白再吃！”他家正在吃晚饭，连长放下筷子，磨叽半天冒出一句：“哪个扯把子哟，我就想吓这个小鬼一哈，哪个真处分他噻。”结果一场危机就这样被曹指导员化解了，他长我十几岁，不知现在过得怎么样。

“曹指导员哪儿的人？”

“山东聊城。”

“哎呀，咱老乡。”

一提聊城正中妈妈下怀，她马上如数家珍：“那年日本人进攻聊城，你五姥爷张维翰和范筑先拼命死守。范当时是鲁西北督察专员兼保安司令，也是你五姥爷的岳丈。我当时已十来岁，亲眼看着范提起机关枪登上城墙。后来日寇用大炮轰开西门，范筑先伤重殉国，极为悲壮。我们一大家子末路逃亡，五姥爷五姥娘被延安的人接走了，我们连夜从临清登船，沿卫河奔天津投靠你二姥爷张维玺，枪声整整追了我们一夜啊。结果到天津才知道，你二姥爷早去大后方了，家里只有二姥娘和孩子。老蒋任命他为陆军上将参议，派到四川灌县督导练兵，唉，你这个二姥爷啊，死得太早了。”说到这儿妈妈叹了口气。其实关于民国人物张维玺和抗日名将张维翰的话题早听妈妈讲过无数次，每次都意犹未尽。我沉醉于她情感充沛的表达，让我从中揣摩妈妈年轻时的影子，一个聪明倔强的女孩子，在破落的家道中不甘沉沦。

“咱馆陶县，”妈妈接着说，“原本属山东，东昌府馆陶县，搞来搞去搞成河北了，我死活拗不过这个弯儿，我就是山东人。我们那个村子出了好几员武将，先有王占元，后有范筑先、你二姥爷，还有你五姥爷。那年中原大战，你二姥爷是冯玉祥的南路军司令，他把胡宗南堵在许昌五女店，冯命他打下去。他却说不打了，不再中国人杀中国人了，他是第一个在中原大战中喊出“中国人不杀中国人”并退出战争的指挥官，对停止内战统一中国起到了“吹哨人”的作用。于是他放走了胡宗南，解甲归田，跑到天津英租界当起寓公，和王占元、鹿钟麟、石敬亭、孙良诚、张自忠等在天津搞读书会，办实业。他们集资在河北武安一带开办煤矿铁矿（现属峰峰矿区），自制钢铁。你姥爷张维藩行四，是国大代表，被实业部长钱昌照委任为武安矿局督办，负责经营他们聘用十来名德国工程师指导生产，产品除自销外，客户包括当时由法国人管理的正太铁路，一部分还远销德国和欧洲其他地区。可恨的是，日寇占领华北后，非说武安矿局违法生产军需品派重兵占领了企业，没收了财产，加上范筑先殉国，二姥爷去重庆，五姥爷上延安，这个大家庭啊，风雨飘摇。”

“我看过二姥爷天津的房子。”

“是吗，你爹带你去的？”

“是的，记得我六岁那年吗，您和继父在北京忙着搬家顾不上，我自己坐火车去天津找我爹过暑假。那时我爹住重庆道，二姥爷的房子在长沙路，沿重庆道走到民园大楼，往左一拐就是长沙路，二姥爷的房子就在民园大楼后面，离张自忠、鹿钟麟的宅邸都不远。”“是这样的胖子，你可能不大清楚，这栋房子是咱老张家的，当年王占元把它转给你二姥爷时，他正在中原大战打仗，是我爷爷奶奶变卖部分田产把它买下的。”“这样啊？”“是的，你爹怎么跟你说的？”“嗯，那天他和继母王某青带我去继母娘家认个门，把我介绍给外公外婆，他们是苏州人，不叫姥姥姥爷。继母说，这是小胖子，张楚玉的外孙。哦，楚玉兄的外孙啊！说着外婆就过来抱我。楚玉是二姥爷的字吗？”“对对，老蒋给你二姥爷的信都写‘楚玉兄鉴’，那个外公叫什么？干什么的？”“他好像叫王什么卿，早年从江南来天津经商，开银行的，说以前来过咱家。”“是吗，那我肯定见过，你那个继母王某青当年非常活跃，她大我几岁，我在青年会的派对上常见到她，高高个儿劲劲儿的。”“没错没错，那个外婆可会烧菜了，不声不响就弄出一桌席，还喝了葡萄酒呢。继母说我太小不该喝酒，可外公说莫事体，少喝点勿要紧。”“那你就喝了，你爹也不管？”“我爹也让我喝。”“啧啧啧，这个老没正形儿的哟，孩子这么小就喝酒，长大还不成酒色之徒啊！”“妈，我怎么酒色之徒了？”“那后来呢？

接着说胖子。”

“后来吃完饭回家，外公家在成都道，离长沙路也很近，我们走着走着就走到那栋房子前，门口挂着‘天津市科技局’的牌子。我爹和继母停下来说：‘胖子你看看这房子，认识吗？’我说不认识。‘再看看。’‘再看也不认识。’我爹说：‘这可是你家的房子，你娘过去就住这儿。’我当时惊讶地‘啊’了一声，我对房子没大留意，却仿佛看到妈妈您从里面向我走来，眼泪都流了出来。打那儿以后我经常独自一人去看那座房子，想不出当年您住在里面的样子，好大一栋楼，得住多少人啊？”

“唉，那年月啊。”妈妈顿了一下，“我们从老家逃到天津，当时我爷爷奶奶还在，没分家，男人在外面抗日的抗日，做生意的做生意，你姥爷张维藩又在绥远置办了产业，还管着老家的田产，天津留下各房大太太姨太太和成群结队的子女，整天争风吃醋鸡飞狗跳吵成一团，看着就不吉利，结果没过多久就出事了！你二姥娘和王占元太太、石敬亭太太等一帮太太党，经常扛着锄头去成都道西头的土山花园种菜，那块地是几家人合买的，就为保持农村的生活习惯，要多土有多土。有一天在路上发现有人在胡同里私下交易古董，走近一看竟是自家佣人，把古董偷出来变卖。你二姥娘暴脾气，当下叫人把他痛打一顿，腿都打折了。人家怎咽得下这口气，没过多久就向日本宪兵队举报咱家是抗日眷属。当时太平洋战争了，日本宪兵二话不说，闯入英租界把我爷爷奶奶抓进宪兵队大牢，家里顿时六神无主乱成一锅粥。

“有人出主意，找孙良诚啊，他不是咱二爷的把兄弟吗，现在给日本人当差肯定有面儿呀，再这么拖着老人不得让日本宪兵给折腾死？于是马上找孙良诚，孙非常痛快，说楚玉兄的事就是我的事，没几天就把爷爷奶奶保了出来。保出来是保出来，但没让回家，而被孙良诚部队换防带到开封，等于当人质软禁了。你二姥爷在重庆得知后，说自古忠孝不能两全，求少云兄（孙良诚字少云）善待二老，不要为难他们。接着冯玉祥把这件事禀报老蒋，老蒋说父母蒙难楚玉兄焉能不救，且去且珍重，也替我劝劝少云做事要留后路，别走太远。就这样，你二姥爷带着两名随从走进了孙良诚的开封大营。万没想到的是，爷爷奶奶虽然回了家，孙却突然变脸把你二姥爷扣了，还帮日本人逼他出任伪职。二姥爷坚拒不从，最后竟被他们毒死在泰州白云寺。当时孙的部队驻防苏北，说是时疫引发猝死，纯粹胡说八道。”

“是的妈妈，这件事我在一本书里也看到过蛛丝马迹。有个叫金雄白的，是汪伪政权的宣传次长，后来逃到香港，写过一本回忆录《汪政权的开场与收场》，说张未赴任，暴毙身亡，就这么几句。”

“你看吧，你说你二姥爷窝囊不窝囊，死时才五十五岁，从北伐到抗战的一代名将。当年张勋复辟，第一个架炮轰击张勋辫子军的就是他；北伐时攻打陕西军阀党玉琨、刘镇华，方振武和刘汝明两个月打不下来，最后你二姥爷接过军令状，三天三夜拿下了凤翔城。军人不血战沙场，死得这么不明不白，让人怎么看你，你的上将军衔是吃素的吗？既然老蒋让你救，干吗不趁机要他几营兵杀过去再说，也算死得其所。这下好了，他一死全家大乱，你姥爷张维藩偏又染上肺痨垮了身子，所有经济来源都断了，上下几十口子怎么办？我真经历了树倒猢狲散，人情冷暖世态炎凉的败落。人死如灯灭，昨天还一家人，转天形同陌路，回老家的，偷人改嫁的，出去当兵的，还有不明去向的。你姥爷咱家守着这栋房子直到送走了爷爷奶奶，后来几年完全过着城市贫民般的生活，我们姐妹几个放学后还要给人打毛衣补贴家用，直到迎来天津解放。"

"妈，原来您认识那个继母啊？"

"不很熟，只是见过她。"

"您觉得她人怎样？"

"不简单，她不是把你房子占了吗？"

一听这个我就后悔问妈妈继母的事了，这是我不愿触及的心结，可她一再催问又不好不答。"唉，妈呀，其实头几年还行，那时她没孩子待我如已出，晚上睡觉都让我挨着她，给我唱外国摇篮曲。她不仅让我认识外公外婆，还有七大姑八大姨，其中不乏名公巨贾之后。我还在她一个亲戚家住过几个月，那时您和继父被红卫兵批斗，让我到天津躲避，可当时我爹也在挨整，根本顾不上我。有个大学的红卫兵搞‘揪彭专案组’，天天上门用木棍敲我爹的头，逼他交代在太行根据地跟彭德怀的关系。继母无奈把我送到那个亲戚家，在汉口东道一个独院，让我叫她舅婆。据说舅婆祖上是民国著名实业家，墙上还挂着老人的照片。我寄人篱下从不多嘴，叫干吗干吗。那天他们给我一把剪刀，让我把一堆尖头皮鞋的鞋尖剪掉。我一看都是很新很漂亮的皮鞋，不忍下手。他们说：‘剪吧，帮我们把资产阶级生活方式剪掉。’

直到十三岁那年情况骤变。继母确认无法生育，又觉得我养不熟，便领养一个月窠儿里的女孩，取名小薇。自小薇进门她对我的态度全面翻盘，收回了往日笑容，没有缓冲也不加掩饰，像一记闷拳令我简直无法呼吸，就差上呼吸机了。也不能全怪继母，更因为我爹的放任，每天都是他把我从梦中唤醒，起来就忙，生炉子买东西洗这洗那，真正的伤害总源于最亲的人。第一次看到我爹凶我的样子，我都怀疑人生了。”

“他骂人时会咬牙切齿，对不对？”

“对对对，就这样子，好难看耶，他肯定对您也这样过。”

“起初我惊慌失措哑口无言，日子一长，孤独久了野性就给逼出来了，所有叛逆都是极度孤独的结果。依赖是人性，产生艺术；孤独是野性，颠覆规则。历史大概都是野性创造的，然后毁灭，再创造再毁灭。”

“说着说着又没正形儿了，跟你爹一个样。”

“那好我不说还不行，妈您说。”“别呀，王某青占你房子怎么回事？”“妈还是您接着讲吧，迎来天津解放，这回该轮到我爹了吧？”“唉，你爹啊！”每次提到我爹，妈妈都会叹息，她跟我爹生活了五六年便劳燕分飞，却叹息了一辈子。

“你爹是个好人，就是太不会保护自己了。1949 年初天津解放，我因厌恶这个封建大家庭，处处弥漫着沉闷迂腐的气息，便毅然报名参加了四野南下工作团。我们穿着新军装，每天学习训练，春风一样朝气蓬勃。这天你五姥爷张维翰突然回来了，还带着一个高个子男人。”“我爹？”“可不，就是你爹。他那时真帅，你恐怕没长过他，一米八几的个儿，咔叽布中山装，胸前还戴着勋章，英俊潇洒，标准的玉树临风卓尔不群。原来你五姥爷和你爹是冀南根据地的战友，他俩在天津相遇，你五姥爷让他来家认个门儿。你五姥爷见我一身军装很诧异，‘你这是咋？’‘我参加南下工作团了，过几天出发。’‘咋着，你是家里老大，你一走爹娘弟妹咋办？咱家咋办？’你爹这时插话说：‘全国马上解放了，建设国家也很重要，来我们救委会吧，我们正缺你这样的青年学子。’‘我不，我就要去打仗。’‘这孩子！’你五姥爷急得满脸通红。

“南下团出发那天我赶到北宁车站，却被告知我已调到救委会，让我去那儿报到。我一再坚持要南下，要去解放全中国。可人家说组织关系都转走了，还是赶紧去救委会吧，把我纠结得呀，眼看着伙伴们兴高采烈唱着歌远去，心里充满忐忑。也许这就是咱娘俩的命，看着你今天的成绩，老天爷让我遇到你爹，可能就为让他给我一个好孩子。后来的情况证明了我的直觉，一波三折。政权建立了，政治运动却更加激烈，这大概是改朝换代的规律。当时天津是北方最大的工商业城市，百业凋敝，民不聊生。恢复生产，让百姓有工做有饭吃是头等大事。你爹临危受命，承担起全市复产复工的重大职责。他利用抗战后接收并领导邯郸市的经验，创建了轮工制、以工代赈、半工半读等制度，成功解决了陷于崩溃的就业困境，使这座饱受战争和殖民统治摧残的城市重获新生，也为全国经济复苏做出了榜样。但与此同时，他又不得不疲于应付各种明枪暗箭，甚至我们的婚姻都成为他被攻击的理由。为减轻你爹的负担，也让自己耳根清净，我跑到北京去上人民大学，生你时又回到天津，你生在天津妇产医院，那时还是教会医院，护士都是戴白帽子的嬷嬷。就这样聚少离多渐行渐远，直到互祝珍重。那是段刻骨铭心的岁月，无法诉说只有长叹。”

窗外的长烟囱明暗轮回，把深色投影透过窗棂洒在地上，沟堑般将我与妈妈划开，我在这边，她在那边。活到这个年纪越来越明白，隔代间很多东西是难以沟通的，你可以分享故事却未必体会到情感，历史只记录故事不在意情感。严格地说，情感是无法外延的，只能由当事人自我承载。关于父母的往事我从不多问，当然我也好奇他们的爱情经历及遭遇的挫折，在鲜花与荆棘的岁月里，是如何绽放或备受煎熬的，我还听同父异母的大哥和亲友们聊起过一些。但我更相信，那里肯定封存着光阴无法缝合的伤口，稍稍一碰就渗出血来。

“妈咱不说您和我爹了，说我。”

“好好，说你胖子。”

“妈，您信命吗？我挺信的。”“是吗，为什么？”“您看，继母后来排挤我，总为我找碴儿跟我爹掐架，三天一小吵五天一大吵。那时您和继父下放到江西余江的五七干校，我连说话的人都没有。后来我干脆跑出去不回家，慢慢结识了一些家长也遭整肃的子弟们，久而久之难免出了点小状况。”“什么状况？”“也没什么，就是……”“就是什么胖子？”“就是派出所找到我爹。”“找你爹干什么？”“说陈大爷，您这儿子还管吗？您要不管我们得管了。”“好你个臭胖子，你都干什么坏事了让派出所找你爹？”“我们就打过群架，还找菜场售货员索要吃的，可我们身无分文啊，不得吃不得喝吗？”听到这儿妈妈一怔，泪水涌了出来：“你流浪街头了胖子，你爹不管吗？”“我才不理他呢，给我钱我也不要，我就想靠自己不靠家里。”“那后来呢？”“后来转机终于出现了，坏事到头好事就不远，冬天来了春天就不远。我们几个伙伴本想攒点钱，从云南偷越国境参加缅北游击队。”“什么？”“您别急呀妈。这时继母给我爹出了个主意，说老陈，既然你儿子想去缅甸当兵，干吗不在咱中国当呀，你给老战友们写信问问哪！哇，您说我这个继母是不是太有才了，那是我俩唯一一次不谋而合，她希望我离开家，我又巴不得，十五岁虽说小了点，总比在城市流浪强吧。您没见那些天我跟继母好得哟，她成天笑呵呵的，骑车带我出去跑，发信呀，体检啊，还从黄家花园的天福楼给我买叉烧吃，我能原地不动吃半斤。后来情况您都知道了妈，1972 年您带着妹妹从江西干校重返北京时我都当两年铁道兵了，领章帽徽地跑回去看你们，那是我人生的重大转折。”

“所以说，您知道为什么我不怎么恨继母了吗，她后来把我爹给我的房子都抢走了我也恨不起来，没错，就因为当兵这事。您说咱要真去了缅甸，可能早没了，我们一块儿的杨乐乐不就死于缅北的“滚弄战役”了，即使幸运，活下来也是个毒枭，哪能跟当兵的正能量比。铁道兵尽管艰苦危险，逢山开路遇水架桥，光我自己就排过二十来枚哑炮，哪个炸起来不粉身碎骨？可您知道吗，长这么大，那是我头一次感到生活有希望。铁道兵有个特点，从不言退，甭管多大困难只有一条路就是干掉它，而且每次都成功。这种经验非常神奇，把我童年到少年的抑郁，那些望不到边的绝望和自暴自弃通通扫光，滚吧，去他的吧，我们既然能改变世界让天堑变通途，就没什么是做不到的！生命是一场黑暗中的摸索，出路就在于超越庸俗，只要坚持不放弃就一定能活得高尚，这是让我终身受益的人生体验，还有什么比这更珍贵的？”

“前不久我还去天津看过继母。她孤独地住在养老院里，见我就哭，说对不起我，不该轻信我同父异母大哥的挑唆，把我爹留下的房产全卖光。我不接这个话茬儿，只向她介绍我的新书，顺便问她‘宜兴头菜’的秘诀，她做得好吃。”

“好，像个男子汉。”

“谁让我是您的儿子呢。”

说话间已是夕阳衔山，街灯耀眼。京华的黄昏总显得格外隽永，深厚的意境宛如回旋起伏的诗篇，箫鼓般悠悠吟诵，无需开始也没有结束，很像妈妈讲的过去的事情。我与妈妈的对话同样没有止境，从她给予我生命，甚至比这更早，冥冥之中就已锁定这场穿越般的母子情缘，并将继续传递下去。这一切看似偶然，她辉煌破落的家世、美丽心酸的爱情，与我孤独不安的童年、动荡莫测的青春，像是某种巧遇，却无意间成就了一款美妙的时光组合，听一首歌在另一首歌的和弦中唱响，看一代人在另一代人的凝望中回眸。我们经历的一切都不会白费，不会的，历史需要有心人的呵护，只有在珍视与荣誉中才有真正的进步和成长，才不会虚无。

这时妈妈扶着助行器站起来，自打做了髋关节手术后，医生就让她用助行器行走。但她的腰板儿依然笔直，九十年如一日，我坚信人的腰板儿与岁月无关，而是某种气质的物化。她徐徐走到窗前，静静眺望。她有这种习惯，非说黄昏里俯瞰一座城市的感觉比读书看报更准确，一下便捕捉到人心向背。我反驳说，也太邪乎了吧，望望窗外就能体察民情，这不是唯心主义嘛，人家李白说的是“浮云游子意，落日故人情”，此刻遥望是指怀旧，这才是人之常情。

妈妈听罢莞尔一笑：“甭管唯心唯物，所有理论都得靠逻辑，逻辑就有唯心的成分。当然李白也有道理，这两句不也是他的吗？‘知音不到吟还懒，锁印开帘又夕阳’？”“不是吧，听着生僻，气势也不够。小时候您逼我背‘三百首’早忘光了，别说唐诗宋词，现在还提笔忘字，这两天在网上查信息，姓曹的曹字一下想不起来怎么写，搞笑吧？”“你在联系你的曹指导员吗，胖子？”“是的妈妈，我想去聊城老家看看他。”“去吧，要去抓紧去，一辈子最让人满足的不是财富也不是地位，而是遇到的好人，爱你的人，欣赏你帮助你的人，还有那些美好的时光和情感，只有感恩他们才能印证自己没白活一场。”“那我，要不要顺道也去咱老家那个村子看看？”话到嘴边又咽了回去。

明天，明天我再问问妈妈。

四年级开始失眠与我的写作

不时听到对我个人经历及写作经验的询问。作为作者，按说应该让人家通过作品了解自己。不过久而久之一来二往，当这种互动具有情感色彩时，倒觉得老遮遮掩掩不够意思，有什么呀你？这样吧，趁昨晚睡得不错，不妨坦言几句。

我生长在一个离异家庭，严格说是在两个完整家庭的夹缝中长大。这种环境让我敏感自卑，我必须学会更多的观察，因此我缺乏一般孩子的坦然。我第一次失眠是在四年级，我生出第一根白发也在四年级。后来失眠再没离开我，头发也在三十岁出头就掉得差不多了。而与此同时我又必须强悍，用力量保卫自己的尊严，保卫自己与正常孩子享有同等待遇。我的小学中学几乎是伴随打架度过的，家人习惯了我流着鼻血在外面胡混的样子。我厌倦这种生活，渴望不再依赖家庭，所以十五岁那年，当机会灵光一闪，我夺门而出加入铁道兵，以军人的名义独步天下。

五年军旅生涯艰苦而酣畅，铁道兵逢山开路遇水架桥的山河气魄让我重塑自信，坚信没有困难能阻挡心怀梦想的人。生命是一部越野车，只要启动再启动，翻过那些泥泞坎坷，就一定能抵达人生的坦途。

我从小喜欢读书，二年级就开始读小说，遗憾的是，因赶上特殊年代，我只上过一年初中，文化底子既偏又薄。于是在艰苦的工作之余，我几乎把全部时间用在读书上，想方设法获取书籍，甚至不惜窃书，各种书，包括医疗手册。那是一段求知欲碾压性欲的青春启蒙时光，我记了四十多本读书笔记，可以说那是我最初的写作，到二十岁上下，我已开始写格律诗和小说，我的第一部中篇小说就是那时完成的。

退伍正赶上国家恢复高考，这对我是巨大的诱惑和挑战。以我当时的文化水准，参加高考跟参加春晚差不多。我试图向亲友求助，得到的最佳答复却是，人要知道斤两，好大喜功没有不栽跟头的。那好，人谈不通就找动物谈。那天我带上义利牌果子面包独自逛了一天动物园，跟所有动物交流，我到底该不该参加高考，再拼它一回！非常感谢动物朋友们，它们的眼神真诚而期待，当我把最后一块面包分给它们时，一切都已明朗，那就是：把考场坐穿！当时我在清华园火车站做装卸工，边扛活边补习，向所有能教我的人乞讨知识，从小数点除法学起，不到一年完成了解析几何等全部数学课程，还有政治、语文、历史、地理和 26 个英文字母，并于 1978 年考上中国人民大学，开启了新生活。

毕业后进入部委。在国家机关最大的收获是走遍祖国万里山河，以俯视的角度观察社会，它的多样性复杂性，各种问题的现状与历史沿承，地区间物质与文化差异，综合国力的评估，地方利益的区别与协调，政策的可行性分析等。除西藏新疆外，我去过所有省市自治区，有些省份是一个县一个县跑的。这段经历极大丰富了我对历史文化的了解，开阔了我的眼界胸怀，深刻感到个体与国家命运的关联。这对一个男人很重要，没有疆域的概念，没有历史的情操，没有家国情怀的男人是不会深刻的，因而也很难写出好作品。这段经历为我后来在写作中挥霍式地彰显文化个性打下基础，并为今后与异国文化做比较提供了细腻的构架和凭据。

但我很快发现我的个性不适合官场，我需要一种自己选择的生活。于是三十岁那年毅然自我放逐，身无分文独闯美国留学，一晃三十载，从零出发重活一回，学语言读学位，同时还要养活自己。

我惊叹人的潜力，一旦命运握在手中，生命就像虎王坦克一样经得起折腾，生活也会随之风情万种。我做过不少行当，餐馆打工，修屋顶，种草莓，养马，海上捕龙虾，深山伐木，甚至差点被掳去卖大麻贩私酒。坚定的自我期许和人生追求让我不甘沦落过那种烂糟糟的生活。当命运对我极限施压，比如贫困与饥饿、寒冷与孤独，我就不去想它，一天一天熬，一天一天进取与变好。

这时的生活才是刻骨铭心的，极具含金量，人生的底线这时才会出现，当生活向你极限施压时，你也在向人生极限施压，没有极限的压力就无法获得极限的人情世故。很多人能够突破庸俗的屏障，进入豁达境界，很可能因为他们经历过极限人生，不仅发现人性的美好和弱点，更看清自身的局限与世俗，于是意识到新的人生境界，并为此展开追求，这个轮回才是文学的本意。

拿到学位后进入主流职场，先后在华尔街和政府部门任职，人生的体验更加丰富深刻。这已超越留学生范畴，以美国社会的一分子，带着中华文明的密码，徜徉于西方文明的丛林，用中华文明的观念审视西方社会的游戏规则，突然意识到什么才叫底线，什么才是美与丑、卑鄙和伟大、善良与罪恶。于是一切都跳起舞来，差异、冲突、戏剧性、情感在无穷地细分化，像午夜的迪厅激情澎湃，此处，又怎可没有文学呢，文学是我选择的生活，也是生活对我的选择。

美国社会在我经历的三十年中，逐渐由包容走向排斥，由温暖走向冷静，由理性走向偏执。其转折点应该是里根实行的对金融体系的宽松管理政策，说到底就是纵容金融系统不择手段获利，让金融资本做大，不仅挤压制造业的生存空间，也拉大两极分化，使社会矛盾由稳定一步步走向动荡，整个社会关系越来越紧张，各种利益间的缓冲地带逐渐消失，人际关系也更加敏感。由此带来意识形态的改变，直接体现在移民政策上，越收越紧，越来越复杂，与 1986 年大赦非法移民的气派完全不可同日而语。移民政策收紧的直接受害者自然是弱势群体，特别是拉丁裔和亚裔移民，这反过来又助长了社会上种族歧视的氛围。总的感觉是，美国社会的内耗在加剧，各种矛盾在深化，而且因为全球化发展的巨大压力，压缩了美国国内政策调整的空间，在可预期的未来，这种趋势很难有太大改变。

与其他国家移民不尽相同的是，华人移民的命运就整体而言，很大程度上与祖籍国相关，祖籍国强大移民地位就相对稳定，反之亦然。这里的原因很复杂，却是我旅美三十年，与各色华人移民接触后的深刻感受。老一代移民吃苦耐劳，封闭保守。为何？有人说这是中华文化的弱点，非也。他们是被抓来修铁路的劳工的后代，处处受歧视，没有平等的发展权。对他们来说，最好的自保就是抱团取暖，不让外人走进他们的世界，这是被逼无奈。后来的华人移民渐渐不同了，特别是改革开放以来的中国新移民，他们信誓旦旦，满载“重活一把”的热望，年轻气盛又思想活跃，很快闯入美国社会。现在华人移民中越来越多人出来竞选公职，这是巨大的进步，是老一代移民无法想象的。抚今追昔，想到华人两百多年的移民历程，我们移民北美的历史不比意大利和犹太移民短，可至今政治地位仍相距甚远，怎能不感慨良多！华人还有很长的路要走，只能坚定地走下去。

美国移民政策的改变导致移民生活激烈演化，也必然反映在海外华文文学的创作上。海外华文文学到二十世纪六七十年代达到一个峰值，以唐德刚、夏志清、董鼎山、於梨华、聂华苓、章缘、张让等代表的名士做派和优雅人文主义风格已走到尽头，取而代之的是更为动荡不安、批判性更强的写实主义文体。我本人正是在这样的大环境下步入文坛的，我的作品无论从题材还是语言风格上都带有极强的时代气息。比如中篇小说《挫指柔》，故事以辩护律师王彼得的视角，反映了华人纪季风父子在美国社会受到的种族歧视，以及如何通过各种手段进行反击，最后黯然收场的故事，其内容融合了悬疑、武侠、侦探等多种元素，其精神内核是探讨一个严肃命题，即华人群体在西方社会中的真实处境和中西文化实现交融的可能性。这部小说曾获第四届长江文艺·完美（中国）文学奖，在海内外华文文坛引起极大关注。而创作这部作品的直接冲动是我上初中的儿子在学校遭遇的歧视，这是一个新移民面对不公平无力反击，只能意淫的悲情体现。庆幸的是，我没有停止在意淫阶段，还能点“淫”成金写出一部好作品，为自己出气，并将其提升到文化比较的层面，对华人命运提出深刻的思考，为海外华文文学提供了典型鲜活的文本。

但生活毕竟是多元的，华文文学并非“伤痕文学”，保持创作题材的丰富与多样性是我对文学的不懈追求。虽然在小说《挫指柔》中描述了受到种族歧视和迫害的华人男性纪季风父子在经多盘博弈后，黯然返国的结局，但在另一部作品《和尼摩船长出海》中却体现出一种全新的理解和期待。该作品讲述了一个非常有趣的校园故事，小说主人公王彼得和白人男性尼摩船长因争夺白人女性琼的芳心而互生龃龉，最后不打不相识成为朋友。这是一部集故事与预言于一身的作品，它展示了中美文化此消彼长的生动势态，文化含量十分丰富。两种文明激情碰撞，优势劣势相互转换，傲慢与恭卑，强悍与坚韧，恣肆与内敛，狂妄与决绝，只有在真正的灾难中，只有面对共同巨大威胁时，答案才有分晓，出水才见两脚泥，谁经得起“侏罗纪”式的考验，引领人类走向未来，谁又能在危机过后保持忧患意识，防止过快地腐朽糜烂，人类的进化，文明的考验，都在这部作品中有所展示，它的现实意义今后会愈显分量。类似的比较文化风格在我其他作品中屡有呈现，故事《同居时代》聚焦于一男二女的情感纠葛，而小说《水獭街轶事》则对早期华人移民的艰辛的奋斗史充满了同情和感慨，像电影传奇一样深情而流畅。

此外还有文字风格。比如前边提到的几部作品中，人们注意到我塑造了一个经典的华人形象“王彼得”，虽然都是王彼得，彼此未必直接相关，而是穿越于不同故事不同时代。这种写法早在巴尔扎克的《人间喜剧》和福克纳的“南方小说”中屡见不鲜，我非常享受在阅读经典中汲取创作的启示。

我几乎读过傅雷翻译的所有巴尔扎克作品，这些作品是我的最爱之一。除了他的几部名著，像《高老头》《欧也妮·葛朗台》，我更喜欢《夏倍上校》，看着那些旧军官旧贵族，在新兴资产者的戏弄中灰飞烟灭，连最后一点尊严都没有，极具现实意义，无论从艺术还是社会学上，巴尔扎克的《人间喜剧》都可看作是教科书。福克纳也是我最喜欢的作家之一。我们这代人读美国小说基本上是从霍桑开始，经过杰克·伦敦，再到德莱塞。德莱塞的“巨人三部曲”至今仍是描述美国“镀金时代”社会生活的经典文献。至于福克纳，我是大学时期开始读他作品的。改革开放之后，当时《读书》杂志开辟了“西窗漫话”专栏，由著名旅美学者董鼎山先生主持，我正是通过董先生的介绍开始大量阅读美国当代文学作品，特别是福克纳。很多东西都是潜移默化的，对经典的阅读最终化作无形的感觉，在我的创作中天马行空浮云游走，阅读在很大程度上决定着一个作家的命运。

最后说到语言本身。

文学毕竟是一种艺术，所有艺术的共同特点就是彰显个性，这可以说是“普世真理”，如果真有普世真理的话。那么，作为语言艺术的文学，特别是小说，文字本质上就是人物，一个个具体的人，个性最直接的表达方式就是他们的语言习惯，比如方言，一张嘴就是一个形象，各有各的特色。这样一来人物马上就立了起来，不光立在故事里，也立在读者面前，因为读者都有各自的语言经验，他们会随着故事中人物方言的暗示，寻找自己所熟悉的人生体验，于是人物就活进读者的想象里。

这正是我的创作体会，也是我在作品中追求个性的不倦尝试。不过方言的使用是把双刃剑，并非使用就好，不使用就不好。关键看你如何把握好度，既突出人物个性又让读者的阅读没有障碍，这是使用方言的关键，这个度是形而上的，只可意会，不可言传，全凭个人感觉了。

要忙，先说到这儿。

我是美国伐木工

面对美国地图，请随我的手找西弗吉尼亚州的布兰克镇，就这儿，阿巴拉契亚山脉的腹地，这里群山环抱人烟稀少，山上密密麻麻长满清一色的橡树。如果你还摸不着头脑，那支脍炙人口的歌曲《乡村路带我回家》总听过吧，唱的就是西弗吉尼亚。这是美国第二穷的州，就是它，曾为美国近代工业发展提供了无数低廉的生产资料。即使今天，它仍是美国煤炭和木材的主要产地之一。

那是 1987 年，我在俄亥俄大学读硕士学位。学校坐落在一个叫雅典的小镇上，距俄亥俄河不远。河西岸是俄亥俄州，东岸就是西弗吉尼亚。暑假将至，我们正在忙着找工作，好用一个夏天挣出全年的生活费。作为留学生，严格说是不许打工的，我们只能找那些付现金的活儿，餐馆、收银、修建等。当时的美国社会不像今天这么苛刻，移民局不管，老板又乐得付低薪，愿打愿挨的机会总是有的。

原计划去辛辛那提一家体育馆修房顶，月薪一千五，管吃住，大家就准备启程。可报上的一则广告改变了我的命运。广告上说西弗吉尼亚山里需要伐木的临时工，须有操作机器的经验，月付现金三千，也管吃住。嘿，我一看就提气，两脚都离地了。咱是铁道兵出身，什么机器没用过，车钳铣刨，抽水机空压机，风枪风钻，连大马力的“移山 80”推土机都开过。我连忙劝大家一起去伐木，挣钱加倍还够刺激，深山老林，天王盖地虎，宝塔镇河妖，去看看美国座山雕是个啥模样？

没想到他们几个面面相觑，说万一遇上狗熊怎么办？我说狗熊怎么了，天上飞的地下跑的就没吃过熊掌，遇上正好。可他们还是不肯，说没有使用机器的经验，还说我也是说说而已，不会真去。就这句话把我将住了。我说：“行，大家兄弟一场，就此别过，等我给你们带回酱熊肉吧。”第二天清晨，门前草地上的露水尚未退尽，我开着那辆破旧的诺亚牌轿车，直奔西弗吉尼亚深山而去。穿林啊海海海海海海，跨雪啊原原原原原……边走边唱，连头都忘了回。

田野散发着麦草和牛粪的气味，离远了闻，连牛粪也是香的。不久，车子转入崎岖的山路，这条路很漫长，转来转去，波浪般上下起伏，我仿佛在一条漂在海面的丝带上航行，让人不禁感慨。没想到路也会如此缠绵，思念般一波波倾吐，无止无休。看来什么东西只要长就会软，越长越软，玻璃要足够长也能弯成圈儿。你信吗？我信，你要是那天跟我一块儿上路也会信的。

伐木场建在山腰，说是布兰克镇，其实离镇子很远。一个叫马克的大男人，个儿大头大，鼻子大眼大，连屁股都比一般人的大，叼着根自制卷烟问我："你叫什么？陈九。""陈狗。""不是狗，是九。""是狗。""算了，你就叫我陈吧。""陈。"哇，总算绕过这个弯儿，老外嘴里愣发不出九的音。可他下面的问题着实有些没头没脑。

"你外面停的什么车？"

"轿，轿车。"

"我知道轿车。什么牌子？"

"雪佛兰，诺亚牌。"

"好！好！你被录用了。"

被录用了，怎么就被录用了，开机器的经验呢？来的时候我连夜查汉英词典，把用过没用过的机器名称都做了笔记，准备今天露一手，给他来个灵魂出窍。怎么，问也不问，合着我白熬夜了。接下来才闹明白，美国的山民同样是民风淳朴。他们喜欢以开什么车分类，马克说他是雪佛兰人，意思是除雪佛兰外他不开其他车。他最恨福特，连他女儿未婚夫登门拜见岳丈大人，就因为开的是福特，被他撵了出去。我暗自庆幸，这辆诺亚是几周前从毕业的老生手里刚买的，以前我也开福特。

第二天一早，我随伐木工人进山。我是这里唯一的东方人，个子最矮体重最轻，但也最秀气，起码我自己这么看。马克的小女儿雪丽为我们煮咖啡，她看上去比我小十来岁，像高中生。马克有四个女儿，除雪丽外都嫁出山了。我们举着咖啡，坐在马克驾驶的履带车上前行。森林之晨很静，空气把我们的交谈和笑声洗涤得无比清新。我望见雪丽站在门口，一点点变小，直到变成一只小蚂蚁。

我很喜欢男中音刘秉义多年前唱的《伐木工人歌》，其中一句是“伐木工人志气高，手中油锯不停地叫”。油锯是用一部小型发动机带动的锯，像个行李车，可以拉着走，美国人伐木也用这个。我对马克说，让我试试。他断然拒绝了我。动锯的人看来都是师傅，他们懂得如何锯，锯多深，树会像哪个方向倒，什么时候倒。这至关重要，除了安全，树倒下的角度和位置直接关系到下面运输的效率。如果树倒在相反方向，得花多大气力和时间才能正过来，有时只好就放弃了。我再次要求试试，“当年修铁路的时候……”话没说完，马克说：“好，你就试这棵小的吧。”

我推动油锯，请记住这个时刻，我是真正在美国用油锯伐过木的。油锯挨上树，剧烈的震动让我左摇右晃。没想到橡木跟我过去锯过的松木完全不同，松木很脆，锯放上就往下走。可橡木韧性太强，尤其新鲜橡木水分足，锯子上去就跳，你真得有把力气压住才行，不一会儿我就一身大汗，呸呸呸地吐着嘴里的锯末。马克叫人换我，我说不行，非锯倒不可，这么棵小东西再锯不倒我立马卷铺盖滚蛋。我不顾一切往下锯，树都倒了还没停。马克拉住我，只听咔嚓一声，树缓缓向路边倒去，周围人咦哈咦哈地叫喊起来。我看过刘晓庆演的电影《北国红豆》，讲伐木人的生活，树倒的时候伐木工喊的是“顺山倒喽”。看来喊什么是语言问题，喊不喊是本性问题。只要是人，走进森林就会叫喊，哑巴都会喊，究竟为什么说不清。

黄昏时工人们回家了，马克也走了。我独坐门前吹口琴，这琴跟了我十几年，东奔西走伴我度过多少寂静时光。林海滔滔琴声如诉，涛声漫过琴声，琴声穿越涛声，除了希冀和幻想，我觉不出一丝孤独。漂泊者最忌讳过度自恋，总觉得自己可怜，不如随遇而安，把一切看成是上苍的恩赐。我静静消磨着这份清闲，任思绪游荡。这时，我突然发现厨房里有灯光人影，怎么是雪丽。便问她：

“还没回家啊？”

“嗯，给你做了三明治，吃芥末酱还是沙拉酱？”

“都爱吃。”

“最爱吃什么？”

“我，最爱吃我妈做的酱牛肉。”

“噢，你要教我，我也会做会的。”

说完她真走了。我望着她的车一点点变小，直到变成一只小蚂蚁。

很快我就和工人打成一片，同工同饭，但抽不同的烟。那天伐木时，我示意马克把手上的烟让我抽一口，我看别人都这么干，可他不给。再要还不给。最后他无奈地说：“这是大麻，你抽不惯。”我一惊，本以为他们自己卷烟是为了显示牛仔的酷，原来是大麻，这是毒品怎么敢沾？我马上想到另一件事，他们太能喝酒，喝起伏特加、威士忌不要命，什么也不吃，一杯杯地干，看着他们的身体一段段软下去，变成烂泥，再摇着船，不，是开着车回家，如果那还可以称作车的话。

我也善饮但不喝洋酒，为这我特意跑到一百多英里外的帕克斯堡，那里可以买到茅台酒，当然，还有酱油，我答应教雪丽做酱牛肉。这天我把茅台啪地搬上桌，大声说，这是最棒的酒，快来呀。他们刚伸手，我说等等，这屋子有天花板吗？众人诧异，喝酒干天花板什么事？怕你们喝着喝着飞跑了，中国古代有个美女叫嫦娥，就喝这种酒飞到月亮上至今未归。至今？他们瞪大眼睛。若在学校跟美国同学开这种玩笑，应者寥寥，美国人重专业而轻广博，越有知识越不关心遥远的事。但这里的人喜欢听我讲中国的趣闻，雪丽甚至让我带她到中国看看，我没吭声。

除原木外，伐木场也生产方木和板材。我们不必每天进山，加工木材也是日常工作。先将原木按种类和口径分类，橡木分红黄白三种，前两类比较普遍，而白橡木很难遇到，十分珍贵，锯开的抛面象牙般洁白细腻，打磨后竟有玉石之风，令人惊叹。木材加工完全是机械化的，原木推进去，出来的是方木或板材，直接运到晾木场存放。加工中产生的木屑全部回收，压成块儿等待出售。马克说他想建个木屑板生产车间，肥水不流外人田，可惜缺少资金。望着他朴实的目光，我突然感到另一个美国正在眼前呈现，它靠我更近，没有都市的喧哗，却不乏自然和坦诚。

那晚好月亮，我刚躺下。窗外沙沙作响，我知道又是鹿群来寻找食物。这里的鹿很多，各式各样，来来往往旁若无人。本以为鹿只吃草，跟羊一样，可当它们走近人类，就逮什么吃什么。我亲眼看见一只公鹿把我吃剩的半个三明治吞下去，让我目瞪口呆。我甚至怀疑，如果它们长久吃人的食物，宫保鸡丁、麦当劳，会不会早晚也用两条腿走路。伐木生涯马上就结束了，我还没见过狗熊，这让我十分焦虑。答应给人家带熊肉，熊都见不着还带个屁啊。我正冥冥遐想，突然一声呼喊划破夜空，鹿群哗地散去，是个女人。坏了，听着像雪丽。

我和几个临时工立刻奔出门外。月光下，雪丽浑身泥水衣衫凌乱对我们招手。我冲上去急匆匆地问道：

“怎么啦？出什么事了？”

“马克喝醉了，把车撞到树上受伤了。”

“他在哪儿？”

“就在前面拐弯儿的地方。”

“你知道他醉了还让他开车？”

“他非要开呀。”

那时我到美国也就两年，不习惯事事拨打 911。再说这深山老林，救护车何时能到谁说得清。我拉起雪丽就跑，她的手冰凉，一点点暖和起来。我们开着那辆破诺亚轿车，在一片树林里找到酒意尚酣的马克。他的雪佛兰已完全撞烂，一条腿卡在错位的车门和方向盘之间动弹不得。见到我他笑着说，哈哈，天花板，你太逗了。我迅速用当兵时学的包扎术把衬衣撕成条，再用树枝将他的腿固定。“快，雪丽你指路，”我急促地说，“咱们去镇上医院。”“好。”雪丽只顾点头。

风，吹走了夏天。

告别伐木场时，我没见到马克，他出院后在家休养，无法上班。那天我锯倒的最后一棵树恰好是白橡木，象牙般的光泽在夕阳下吟唱着。我把地上的锯末装了一小袋揣进怀里，然后挥手向大家说再见。晚霞正浓，整座山都深厚起来。

山路弯弯波浪般上下起伏，像思念一样，随风飘荡。

我的老师赵遐秋

听说赵遐秋老师是凤凰卫视主持人曾子墨的母亲，如果是这样，那时的曾子墨也就几岁，她母亲天天背着她，乘公共汽车去北京师范学院上班。那是1972年，赵老师从干校回北京，当时人民大学（以下简称“人大”）尚未复校，所有人大的教师被分到其他高校工作，去北京大学（以下简称“北大”）的，北京师范大学的，人大语文系很多教师分配到北京师范学院，即今天的首都师范大学工作，包括赵遐秋老师。

赵遐秋老师在人大可是名人，无人不知无人不晓。一是她学问好，北大中文系毕业，古文功底极其深厚。二是她为人正派刚毅。为何这么说？她在“文革”中是吃过大苦受过大难的人，是血水沸水里熬过来的女人。

据说赵老师出生在一个国民党官吏家庭。她的父亲1949年跑到台湾，她和母亲，还有个姐姐相依为命。她母亲是河南人，一口河南话，身体微胖，待人和蔼可亲，在人大西郊大院里，就是今天的人民大学校园，谁都喜欢这个老太太。赵老师本人极受尊敬，她对学生十分严格，一丝不苟，但平日对大家非常真诚热情，谁都知道她是个好人。就这样一位真诚负责的好人、好老师，“文革”时因不同派别间的争斗，让她吃尽苦头。

“文革”中人民大学中有两派各霸一方，搞南北派，彼此矛盾非常尖锐。对立派一帮人揪住赵老师在台湾的家庭关系不放，非说她是特务，现行反革命，抄她的家，还把她关押起来，逼她承认自己是黑手，是反革命。赵老师秉性刚烈，就是不从。于是他们打她，给她上刑。但即便如此，赵老师决不屈服，死也不从，最后他们只得放了她。

至今我仍无法想象，热情温和、戴一副透明塑料眼镜的赵老师，是如何熬过那段生死交替的可怕时光。后来她给我补课时，我望着她常会陷入遐思，曾经遭受巨大苦难的赵遐秋老师就在眼前，她是怎么挺过来的，她怎能挺过来，她像一枚历史符号，让我相信往事的真实，也记住真实的往事。那时曾子墨只有桌子高，两只大眼睛卟哒卟哒的，她明白她母亲的人生分量吗？

1977 年大学恢复高考。我们这些“文革”中蹉跎十年的年轻人，以胜利大逃亡的心态疯狂地投入复习。我们怀着破釜沉舟的信念，发誓要赶上命运末班车，拼出自身的不凡与不甘，成为国家栋梁之材。当时有首诗歌这样写道：

我们的一生，要澄清十年的欺骗

我们的一生，将掀起民族崛起的波澜

我们要把贫穷送进坟墓

我们要用富强装点人间

为了这个缘故我愿

用辛勤的汗水换取知识的宝剑

为了这个缘故我愿

把这一年一度的考场坐穿

遗憾的是，第一次高考我仅差三分未达录取线。我母亲焦虑地说，我请赵遐秋同志帮你补古汉语和作文吧。赵老师很忙，求她补课的人很多，但她二话不说就答应了，并且当晚开课。我走进她家，当时天气正凉，赵老师刚下班，身上的中式棉袄尚未退下，她先生曾教授也在家，曾教授同样是古汉语专家，任教于中央广播学院。从那时起，我开始向赵老师学习古汉语和作文，用现在的话说，赵老师是我的启蒙老师，私人家教，一对一授课，不同之处是：分文不取。

从开始我就感到赵老师对我，应该说对我们这代人的深切关注。她的眉头微锁，认真回答我的提问，及时纠正每个错误，我被赵老师的紧迫神情渗浸着，深感时不我待，每分钟都可贵，我仿佛被她牵引着，跌跌撞撞去追赶失去的时光，急促的节奏和明确的方向令人兴奋，心中充满希冀。有一次赵老师点评作文，我觉得自己写得很顺，一气呵成，肯定受夸奖。没想到她目光略带忧虑地问我，你到底想说什么？我连忙解释，是表达对周总理的怀念。那为何不直接说，非绕来绕去？我面红耳赤，心想：你太不理解人了，难道真没看懂吗？赵老师接着说，写文章一定要想好说什么再动笔，写作的本质是思考，你一会儿新四军，一会儿少共国际，用词华丽但主题像猜谜语，如果我判卷，三行之后就不看了，下一个。

就这一击，连同赵老师当时的表情，我再没忘记。这对后来形成我自己坦诚直白的文字风格很有影响。

还有古文。我们这代人的古文基础不是来自课堂，而是靠“文革”中读杂书获取的，非常凌乱，很不确定，这正是我第一次高考吃亏之处，整篇文章能看懂，但问到某个词的含义却讲不清。赵老师当机立断，从《古文观止》中选出五六篇给我讲解，并让我尽量背诵。“忽逢桃花林，夹岸数百步，中无杂树，芳草鲜美，落英缤纷。渔人甚异之。复前行，欲穷其林。”赵老师讲古文时令人陶醉，既游刃有余又有音乐般的节奏感，谁说讲课不是艺术？谁说好老师不算艺术家？赵老师就是艺术家。“落英缤纷怎么讲？”她问。“花落了，像雪花飘。”“嗯，可以这样理解，但还有一说你应知道，落，始也，落英指刚刚开放的花。”“刚开？”“对，刚开，知道就行，这问题不会考。”古人云，举一纲而万目张。赵老师讲课就是个纲，把我东拼西凑的古文知识连接起来，形成真正的、可持续发展的文化底蕴，让我终生受益。

1978年我考入中国人民大学，语文和数学分都打了翻身仗。那时考上大学得意啊，狂啊，前不见古人后不见来者，十年一剑卧薪尝胆，三千越甲可吞吴，高兴得不知姓什么。我们胸前别上白底红字的校徽，在马路上高谈阔论，腰间若再佩把短剑就成电视剧中的黄埔生了，动不动就主席如何如何，小平同志说，东欧经济改革中的物质利益问题，好嘛，就听他们胡抡吧。

在这种氛围下，人的心态也会异化。那天我远远看到赵老师拉着幼小的曾子墨，母亲和小女儿，母亲一会儿看看女儿，女儿一会儿仰头看看母亲，她们向我走近，我想上前打招呼，说句谢谢老师的话，可不知为何竟躲开了！那时人大校园里有许多柏树墙，一人多高。我躲到柏树墙的另一侧，望着她俩树影支离的身影从我身旁走过。我的脸通红，我相信我的脸一定是通红的，我的心咚咚跳，当时就觉得十分愧疚。三十多年过去，现在想来仍无法解释自己，为什么会这样？这样的人怎能建功立业，难怪后来会漂泊一生呢。

我一直未能把凤凰卫视的曾子墨对上号。不久前有人说，你知道吗，曾子墨是人大子弟，她母亲就是语文系的赵遐秋呀。我眼前哗地亮起来，涌出以上这些画面，微胖的身材，透明塑料眼镜，中式棉袄，卟哒卟哒的大眼睛，把头贴在母亲背后的小脸蛋，蹒跚走路的样子，母女的身影，这一切像《山楂树》的镜头，把那个时代的味道、声音、服饰，最主要是情感，涌泉般冲进我的胸膛。时光荏苒沧海桑田，当年的小女孩儿如今已成为媒体明星，而我更刻骨铭心的是对她母亲，以及那一代深厚宽广的知识分子的深深敬意，他们坚守了文明的根基，用肩膀托举出新时代的灿烂，他们的生命分量怎样估计都不过分。

谢谢您赵老师，请原谅我当年的浮躁。相信您从这些文字中能感到我的真诚和领悟，以及对生命价值的不懈追求，这不正是您对所有学生的期待吗？

附：赵遐秋，女，浙江绍兴人。1961 年毕业于北京大学中文系汉语言文学专业。历任上海南洋模范中学教师，中国人民大学语文系教师、讲师、副教授、教授，台港澳暨海外华文文学联络委员会副主任。著有专著《中国现代小说史》（上下卷，合作）、《中国现代 140 家小说札记》（上下卷，合作）、《徐志摩传》、《成仿吾传》、《十论谢霸天》、《徐志摩与陆小曼》（合作）、《海外华文文学综论》、《中国现代报告文学史》等。

我那些消遁的朋友

先说清，我这些再也无缘相见的朋友不是人。别以为我在骂街，它们真不是人，是我在京西太行山麓当兵时遇到的狼、狐狸，还有野羊什么的。

你知道那年月的铁道兵，总出现在人迹罕至的荒山野岭，专到没路的地方修筑铁路。我们像野草一样扎根生长，有没有阳光都得灿烂。汽车连的卡车把我们拉到实在无路可走之处，司机摇摇头："对不起哥儿几个，走不动了，我只好把你们卸在这儿，剩下的路你们自己蒯着吧。""蒯"是北方方言，负重行走之意。

测量班架起经纬仪确定位置，连长带领全连战士，扛着帐篷行李和干粮，由一班长杨洪顺开路，头也不回向指定地点攀登。越爬天越大地越小，山下的拒马河晶莹柔软，湛蓝湛蓝地闪耀，头顶苍鹰盘旋，四周偶尔发出嗖嗖的响动，那是小动物们匆忙躲避的声音。此刻虽说我们是人类，可离人类社会十分遥远，好像没什么关系，反倒觉得跟大自然息息相依，我们生存的全部希望都寄托在周边的自然环境里。换句话说，此时与其强调我们是人，不如说是动物更现实。动物以洞为家，我们以帐篷为家，差不多。动物用枯草御寒，我们用枯草打褥子也为御寒。动物饮食山水，我们也是。动物不上厕所，我们也不上，撒野尿。小说《钢铁是怎样炼成的》主人公保尔，在风雪施工中还能巧遇老情人冬妮娅，苍天呐，此时此刻什么冬妮娅，任何沾女字边儿的都没有，净是犬字边儿的。即便如此，我们是群有理想和荣誉感的强健生命体，我们比动物还顽强，能在任何环境下生存，用汗水和生命凝成脚下的铁路桥梁，让远在天边的人类社会更美好。

尽管我们认为离动物更近，但动物界好像未必认同。通过一段时间的观察互动，我发现它们对我们的心情是复杂的，忧心忡忡的。这样说你会发笑，观察就观察呗，还互动，人和野兽怎么互动？嗨，这你就不懂了，十六七岁叫春的年纪，我们内心敏感充盈，情感多得宁可滥用也不能不用，看什么都好奇。天角飘来一片云要看半天，阳光为何给它镶上金边儿？山间发现几株野芍药也看半天，原来不该像城市里的那么半死不活，竟有风竹之韵。浮云游子意，落日故人情，世间一切在心里都是活的，有温度有含义的，更别说同为“食色，性也”的动物了。

让我最先遇到的是狼。进山时就发现，所有路过的屋舍外墙上，都用石灰水画出一个个白圈儿，连长说这叫狼圈儿，专为防狼，狼一看到就不敢进村了。当时我就纳闷儿，狼为何怕白圈儿，真有狼吗？在山上扎营的头天夜里，我们就听到狼叫，悠悠地，远听很像排箫，低音不散高音不脆，一听就属中音类。同班战友汪照凡，我总叫他汪造反，来自湖北大别山麓的英山县，他说这是只母狼，正在找公的呢。他还说，狼很灵活，鄂北方言灵活就是聪明，它先用两只前爪从背后搭上人的双肩，待你一回头猛地咬住脖子，置你于死地。他有个叔伯哥哥胆大心细，有回赶夜路遇上狼，狼搭他的肩膀他不回头，跟狼边走边聊了一整夜，天一渐亮狼自然就跑了。这故事颇像《聊斋》，我不仅不怕，反觉得狼有血有肉，愣聊了一夜，它都跟你哥聊啥了，没让你哥给它介绍个对象？不过话说回来，今后无论阿猫阿狗从背后搭我肩膀我绝不回头，先聊两句再说。

我遇到的是两只狼，或许是夫妻。那天大伙儿都上了工地，我因左臂骨折独自在帐篷里休息。汪造反抡锤没对准，十八磅锤砸到我胳膊上，当时就肿起来了。我痛得破口大骂："汪造反你王八蛋，造反造到老子头上了，赶明儿让狼吃了你，狼搭你肩膀你必须回头，听见没？""听见了。"汪造反边哭边答。"听见啥了？""狼要搭我肩膀一定回头，不回我是舅舅养的。"就为这，班长命令我在家休息。虽说有伤，可帐篷里我待不住，一人到山坡上溜达。走着走着一抬头，发现水源处站着只大狗，距我四五十米远。我第一反应是谁家的狗跑这儿来了，马上发现不对，因为我们营地离最近的西庄也要二十里，家狗怎会跑这么远？再看它眼神更不像，那是种异常精美的杀气，让我产生最原始的生物恐惧感，胯下冰冷四肢软涩，顿时傻了。我本能地往后退，想退回帐篷，那里有我的自动步枪和九发子弹。可刚一挪，那只狼也向帐篷方向移动。我看出来，它想抄后路逼我上山。再看山上，不得了，另一只狼站在山头为伙伴把风，表情随和自然根本不看我。我惊恐之下又破口大骂："汪造反你个王八蛋，你不是说狼从后面来吗，它怎么从前面上了？"我抄起地上一段钢筋，对狼做凶狠状。它肯定看出我的愤怒，似有犹疑。就趁这一瞬，我哗地跑进帐篷抄起枪冲出来。狼没了，两只都没了，像从未出现过一样。"汪造反，王八蛋。"我狂叫着。

打那儿以后再没见过狼。不久我们就开山放炮，轰轰的爆炸声把狼都给吓跑了。炮声是男低音，看来中音怕低音，低音一唱中音就跑了。事后我想，狼这家伙生性孤僻宁折不弯，似乎并无与人共处的愿望，或许它仍为人类将其一部分收编为狗耿耿于怀。比较而言，狼可算动物中之项羽，山大王楚霸王都是王，四面楚歌也不肯服输，宁可放山跑马而"不食周粟"，这与狐狸截然不同。

儿童读物总把狐狸和狼归为同类，其实并非一路。狐狸身材比狼娇小，但这不是最重要的。重要的是，狐狸眼里看不到狼的目光中具有的血统霸气和英雄末路的苍凉悲情。狐狸更世俗，从不直接与人冲突，只干些技术含量较高的偷鸡摸狗勾当。第一次遭遇狐狸是在炊事班后门站岗。最近库房的咸带鱼和腌肉常有丢失，开始以为是啥人偷的，于是装上照明加了岗。那天半夜我听到库房传出窸窣声响，端枪破门而入，只见几只狐狸一溜烟儿从墙角窜逃。赶忙追出去，我分明看到那只个儿头最大的狐狸嘴上叼一大块腌肉，肯定跑不快。万没想到，在明亮的灯光下，那只狐狸望着我，把腌肉搂在胸前缩成一团儿，往山下一滚就不见了。我呆住，眼前映出狐狸的眼神，纯职业式的，从容不迫毫无恶意和仇恨，像拍卖师喊成交，股票师喊吃进一样。我甚至开始同情狐狸，往山下滚无疑是有风险的，磕着碰着撞到头都吃不消，生存是它们的拜物教，为此不惜流血牺牲。我对班长说："那只最大的狐狸肯定是班长，它们的班长也冲在最前面。"班长瞪着我："依着你呢，我也抱团儿肉滚下去，你啥时能改改这二百五的毛病？"

再见到狐狸是和汪造反一起。这个汪造反肯定是我的克星，砸我的胳膊，骗我说狼会聊天儿，就是他，又让我失去唯一一次触摸狐狸的宝贵机会。

那是个周日，我和汪造反陪西庄的老团长上山打猎。老团长是个怪人，抗美援朝的团长，转业时非吵着闹着回乡当了农民。部队一到他就来找我们，请大家到他家喝酒。今天他说要打猎，问我们去不去。我说去，汪造反也要去，我到哪儿他都跟着。老团长砰的一枪，分明打着了，那只白狐狸打个滚儿不动了。我和汪造反冲上去，看它肚皮朝天躺在地上，但丝毫未见血迹。我刚要过去捡，汪造反说：“要它干啥，死狐狸不值钱，我们公社收购站根本不收死狐狸。”“为什么？”“狐狸一死皮就泄了，会掉毛。" 他这么一说我犹豫起来，想等老团长赶来再说。就这当儿，那狐狸突然翻身一跃，当着我们面儿一瘸一拐逃走了，原来它是诈死！我气懵了，怒斥汪造反：“你骗人，你明知它没死，对不？”他却说：“白狐是仙，不好打。”

说句题外话，多年后的一天，那时铁道兵已被解散，汪造反突然找到我，眼泪唰唰流不停。我说你怎么啦，有啥麻烦找你的白狐大仙呐，你救过它命，它肯定帮你。他说他和儿子来北京当民工，干了一年拿不到工钱，老板非说咱没上岗证无法出账，可没上岗证你咋不早说，还让咱干这么久？几天后我塞给他五千块，骗他说是替他讨回的欠薪。我终于也骗了他一把，报了当年的一“骗”之仇。

除了狼和狐狸，令我难忘的还有野羊。野羊和家羊啥区别？野的比家的毛短些，野羊颜色统一，黄中带黑都一样，而家羊什么颜色都有。前者像特种部队，来去无踪。后者是杂牌军，乌合之众毫无战力。狼一次最多捕杀一只野羊，而狼一次能咬死成群的家羊。亡羊补牢是说家羊。家羊自卫靠牢，野羊没牢，自卫凭心。

那天施工休息时，我和几个老兵在树下抽卷烟。整月下不了一趟山，香烟太贵也不好放，根本不够抽的。我们都买老乡的旱烟，一块钱一斤，两捆旱烟加点人丹末儿就管三五个月。刚点上，第一口烟感觉最好，就听汪造反喊我：“小陈，快看山头的野羊！”我顺他手指一瞧，只见一只羊，角很长，像背头似的卷向身后，一动不动矗立岩石上。它距我们百多米远，因背景是蓝天，身影清晰凸现。我觉得像座雕像，“活的还是死的？”“当然活的，”汪造反抢白道，“野羊就这样，能在高处站半天不动。”“那是你们大别山的野羊，怎跟我们太行山比？”“大别山咋了，刘邓大军挺进大别山，指挥部就设在我们村，我爹……”“得得得，说的是羊，怎么你爹都出来了？”我边抽烟边注视那只羊，正如汪造反所说，纹丝不动，分不清它属于脚下的岩石，还是岩石属于它。我好奇起来，的确，这不像家羊，家羊哪有这么深沉，早忙着吃草去了，可它一动不动琢磨啥呢？我尽量让自己做沉思状，一动不动，看心里到底想什么。眼前浮现的全是过去的事，包括上个月在西庄小卖铺遇到的长辫子售货员，她问：“你是北京的？”“是。”“北京多好啊。”“你们这儿才好，我们在这儿战天斗地……”还没说完，她打断我，“您还买别的吗？”接着把我晾在一边，招呼其他顾客去了。这只羊也在回想吗？宁静越深往事越重，它有多少值得回忆的，赘得脚步都迈不开。羊太孤独，心事太重了。

若非那场暴雨冲垮我们下山的唯一通道，一班长杨洪顺恐怕也不会动打羊的念头。山里下雨与山外不同，来得急去得快，北方的山土少石多根本兜不住水，暴雨瞬时聚拢，冲下来就是洪水猛兽。那条路本来就属临时建筑，一下被山洪冲成好几截儿，所有供给全断了。没有柴油，发动机停了我们可以人工凿，但吃的接不上茬儿，后来一餐只发三个土豆，丝毫没荤腥，人软得连锤都举不动，那还不骂娘。前边说的两只狼幸好没此时闯进来，否则说不准谁吃谁。我们当时体会很深，土豆只能维系生命，但爆发力必须靠吃肉，素食者可以祈求世界和平，很难指望他们翻山越岭大江大河。杨洪顺发狠："不打只羊回来我这个班长就算面捏的！"偏巧这天下工时又见那只野羊，大背头，一动不动站立原处。杨班长立即卧姿装子弹，箭在弦上不得不发，把汪造反急得呀，那只羊是种儿，打羊不打领头的，这是规矩。这小子也是真给逼急了，杨洪顺的枪没响，他倒先开一枪，砰！羊吓跑了，可汪造反却因擅自开枪受了处分。他后来对我说，处分就处分，规矩不能破。

在太行山几年，到的时候是寂静的深山，离开时已是桥梁飞架，铁路穿过一座座隧道，把群山像项链一样串起来。我们遇到的动物何止有狼，狐狸和野羊，很多很多，野鸡野兔，黄鼠狼和刺猬，还有拒马河的一种白鱼，形状颇像目前流行的观赏鱼银龙，它们产卵时会围着桥墩转，上上下下鳞光闪烁明亮灿烂。

去年我旧地重游，巧遇当年为我们送粮的民工李合来，那次洪水断粮，正是他赶着驴车最先将补给运抵营地。他说，马不行，有路用马，没路就得使驴。见面后我问：“还有狼吗？”“啥狼呀，多少年没见了。”“狐狸呢？”“往远了走，平峪、白涧那边儿听说还遇得着。”“那野羊呢？”“早没了，兴许全跑西伯利亚去了。”尽管他说西伯利亚我很想笑，但心底着实哐地空荡荡。莫非历史的步伐太快，都西伯利亚了，才三十多年听着像大漠孤烟一样苍远，曲终人散，连当年的动物都消遁得无影无踪。我开始领悟，那些曾分享和见证过我们壮烈年华的一切，无论张三李四狼犬牛羊，哪怕一草一木，都是我难以割舍的亲人朋友。没有他们，我们的青春岁月就飘了，不再真实鲜活，恍如一个连谷歌都检索不到的抽象符号。历史最怕抽象，略去蓬勃的精神，任何辉煌都会瑟瑟发抖。今天这样对待昨天，明天再这样对待今天。

西伯利亚？怎么会，我刚才分明听到狼叫，你听，你仔细听……

Wild Grass Grows Wildly

先生们

Part 4

名人不光是灿烂的，也是平凡的，只有平凡才真实可信，让你明白，原来每个人都可以活得精彩。

带阎连科回纽约

从北京回纽约，快上飞机了，才想到路上应随身带本书看看。十几个小时不落地，僵硬的姿势，乏味的饭菜，噪音，还有无论如何都不踏实的滋味，想起就浑身起鸡皮疙瘩。可带哪本儿书呢？望着书架我翻来覆去拿不定主意。

最后还是决定带上阎连科的小长篇单行本《夏日落》。阎连科的名字如雷贯耳，看过他的小说《坚硬如水》。只觉得文字跟他的名字很像。这次回国又有人提到他的名字，看过阎连科吗？我犹豫地点点头。其实我只翻过，没看完。哎呀，要看看。国内小说界发展极快，高手云集，阎连科算一个。他是二炮军旅作家，从农村出来的，农村和军队生活是他的两大力点。

我从友人手中接过他带给我的几本阎连科的集子，包括《坚硬如水》。看看这题目，水怎么会坚硬？可阎连科就这么别扭！他的文字总像上了弦儿似的，一旦开动就停不住，由着性子走，无论是议论还是抒情，都得尽兴才罢手，看得出他是个壮怀激烈的作家。读他的作品，不论故事如何，就说他的语言，仿佛是激情搓成的绳索，疙疙瘩瘩向前延伸。在他的作品中，你感觉到的不仅是行云流水，更有骚动不安。你很难发现缠绵悱恻，却每每遭遇赤裸独白。他推动读者的，绝不是江南水乡的滑腻柔靡，而是中原汉子粗犷的个性。大段的倒装句、排比句和形容词就像刹不住闸的载重卡车，一股脑儿往上招呼。你会皱眉，你会微笑，也会为之感动。

然而他的《夏日落》却是另番景象。在阎连科的作品中，《夏日落》仅是个小家伙。它薄薄一册，像本诗集。人们叫它“小长篇”。这恐怕又是新词儿，大概指那些介于中篇长篇之间的作品。如果说阎连科的其他作品是他的儿子，《夏日落》则是他的女儿。女儿是水，阎连科在这个小册子中投入了浓厚的浪漫和柔情。

这是个讲连队生活的故事。用作者的话说：“这几天，某某连发生了两起天大的事情，先是枪丢了一支，然后兵又死了一个。”你看，啥话不能好好说，不就丢了支枪死了个人，干吗非反过来说呢？接着，作者并没在死去的战士夏日落身上过多着墨，而笔锋一转，围绕连长和指导员在处理这个事故上的利益冲突和心路历程将故事展开。他们俩是对越反击战中生死与共的战友，命拴在一起，血凝在一块儿。可此刻，他们都面临着要么晋升要么退伍的“生死抉择”。夏日落的死，使表面上一团和气的关系顷刻紧张起来，把他们一下抛入人性冲突的煎熬之中。他们曾尝试相互忍让，却无法承受悲惨的后果。他们也曾互相拆台，然而每次面对彼此心都在流血。其中，连长有了艳遇。他喜欢那个追求他的女孩儿，可心里又放不下老家的妻子。责任和欲望的冲突在这里百转回肠。无论是拒绝还是给予，都不等于失去和得到。冥冥之中的气数总把最该发生的事情放在最不该发生的时刻。突然，上级决定他们所在连队因裁军而被撤销。他们还能找到丢失的自我吗?

我无法揣摩阎连科写这个故事时的心情，但我可以感到他骨子里温情浪漫的一面。把故事编排得如此完美，把人性描绘得如此细腻，在他的作品之中，《夏日落》堪称一绝。仿佛一双粗大的手把锦线从绣花针上轻轻穿过，或是在慢慢解开女人的纽扣，不为一泻千里占有她，而是在她起伏的肌体上抚摸，经过每个毛孔每寸土地。连队生活在他笔下一下失去了以往读者熟悉的典型性，士兵和百姓的界限仿佛并没那么遥远。生活是世俗的，人性是平等的，浪漫和美好是短暂的，因此也是珍贵的。这哪里是写作，分明是新娘子在洗初夜的床单，一点点一片片揉搓，才下眉头却上心头，生怕有所遗漏。故事结尾浪漫得令人窒息，几乎是一种标准的圆舞曲。连长指导员最后一次整队集合，向左转齐步走，路边的小河思念般流淌，河岸那边，连长的那个相好的遥远地向他挥手。连长忘情地冲进河水向她奔去。指导员犹豫了一下，接着下口令，跟着连长，齐步走！冲突没用了，荣誉结束了，生活赤裸裸了，其实赤裸才是美。

这本书后来被一个朋友借去。过段时间我打电话问他，他说：“不是早还你了吗？瞧你这狗记性。”我只好翻箱倒柜地找，还是没有。阎连科把他的夏日落藏进小长篇里，我的《夏日落》又在何方呢？

马尔克斯的文学良知

诺贝尔文学奖得主、哥伦比亚著名作家马尔克斯去世后，涌现出许多纪念文章。这些大都只强调他的文学风格如何奇异，想象力如何魔幻，受过什么人的影响等，却很少关注马尔克斯的生活环境及人生历程。从这些议论中依稀感到，马尔克斯不是一具刚刚走过的血肉之躯，而是罩在笼子里的塑像，或圣塔中的一枚佛牙而已，这是令人遗憾的。作品可以是纯文学的，但作家绝不会是纯文学的。作家生活在具体的社会环境里，作品再纯文学也改变不了作家的世俗命运，恩爱情仇，及炙手可热的生动情感。当怀念一位伟大作家时，不应把他从具体的生活中抽象出来，不能把他的社会性忽略掉，而将其虚化为一个“纯文学”蜡像，因为这并不真实。现实中的马尔克斯比文学更广阔，甚至更重要。

马尔克斯 1927 年出生在南美洲的哥伦比亚。那时的中南美洲仍未摆脱欧洲殖民者的各种束缚，美国的影响也大量向该地区渗透。众所周知，中南美洲原是印第安人、印加人和玛雅人的故乡。欧洲殖民者用种族灭绝手段消灭了中南美洲的本土文明，因此中南美洲的文明史仅仅只有四五百年，与主体文明相比，可以算没有历史。他们的文化从欧洲移植而来，加上原住民、非洲黑奴等文化的交融，形成后来的拉丁文化。他们是殖民者的私生子，这种概念根深蒂固地植入拉丁文化的骨髓。像这样一种派生文化，在人类文明的主流中影响十分有限，尤其是与欧美主流文化相比，凸显依附性。

然而马尔克斯的时代，也是拉丁美洲不断抗争走向独立的时代。殖民者的代理人用独裁和暴力压迫人民的体制开始坍塌，社会动荡不安，各种矛盾激烈碰撞，一座座火山爆发，一顶顶王冠落地，马尔克斯正是在这样的环境下长大的。毋庸置疑，他作为那个社会的产物，必须对生活本身做出回答和抉择。马尔克斯的抉择是明确的，而且贯彻终身。他经历了残酷的哥伦比亚内战，目睹独裁者对民众的屠杀，他的善良本性让他义无反顾站在专制与暴力的对立面。他曾因披露当局的丑闻而被迫离开祖国，他曾因卡斯特罗的成功革命而热情拥抱古巴，他甚至因智利左翼政府被暴力推翻、阿连德总统被杀，而罢笔达五年之久。我仍记得那个时刻，《人民日报》头版刊出阿连德总统被杀的消息，四周一片寂静，只有报纸随着我手的抖动沙沙作响。没想到当时马尔克斯的反应也是这样。

直到 1981 年接受《巴黎评论》记者斯通采访时，马尔克斯仍坚称，他是现实的社会主义者，这距他获诺贝尔文学奖不到一年。而事实是，对于发展中国家来说，社会主义者往往不得不是“民族主义者”。尤其是随着社会主义阵营的陷落，很多当年的社会主义者变成了坚定的爱国者。这是因为西方在攻克社会主义阵营的同时，更肆无忌惮地挤压那些国家的民族利益，因而激活了那里人民的民族情绪。甚至像苏联异议作家索尔仁尼琴，当俄罗斯的地缘利益被欧美无情吞噬时，他宣布他是爱国者，并于离开祖国三十年后重返故乡。他最终没死在把他从勃列日涅夫的监狱里救出来的德国或美国，而长眠在他的祖国俄罗斯。所以对在拉丁美洲长大的马尔克斯来说，更无法回避民族问题的拷问。

我们无意把马尔克斯描述成一个典型的爱国者或民族主义者，但他确实把一生奉献给了拉丁美洲文明的复兴。马尔克斯一生到过许多国家，特别是欧洲，他曾作为特派记者在欧洲的心脏巴黎生活了很久。但如他自己所言，“对世界来说，拉丁美洲是少数族裔，我用少数族裔的良知写作。”尽管遭哥伦比亚政府通缉后他一直客居墨西哥城，但中南美洲国家的命运是类似的，都曾是欧洲殖民者的殖民地，都使用西班牙语，他们在文化上情感上是相通的，是兄弟姐妹的关系，是地缘大家庭的概念，西班牙语是他们的血脉，是他们的基因，不同国家同一种命运同一种文化，这才是拉丁美洲一词的确切含义。正像马尔克斯曾经说过的，在拉丁美洲，我没有一种疆域或边界的意识，我知道国与国之间存在着种种区别，但内心感觉是一样的，因此任何拉美作家的成就都是所有拉美人的骄傲。

马尔克斯一生坚持拉美文化的定位，他的《百年孤独》就是一部南美殖民地的血泪史。他曾明确指出，这是一部讲述拉丁美洲人生活的书，是一部从内部写成的书。在这部作品里，马尔克斯运用象征、隐喻、比拟、影射等多种文学手法，揭露独裁者的残暴和被压迫者的可悲命运。比如对马孔多居民集体患上了失忆症的描写，正是提醒人们不要忘记自己民族的历史。至于《百年孤独》这个名字的含义，马尔克斯曾明确说明，“百年”是指时间久远，比喻拉丁美洲被盘剥、被压榨的岁月是漫长的，而“孤独”则是反义词，即团结。马尔克斯就是希望拉美人民牢记历史，走向独立有尊严的未来。当这部巨著引发世界文坛的轰动时他表示，真正可悲的是，拉丁美洲的文化殖民主义如此糟糕，要让拉美人相信他们的小说是最好的，几乎不可能，直到外界告诉他们为止。

马尔克斯为拉丁美洲文化争取话语权的不懈努力，实际上折射出拉丁美洲因长期受欧美殖民压迫而普遍存在的独立意识。马尔克斯对古巴和委内瑞拉领导人的支持，对社会主义的同情，不仅是他个人对善恶的抉择和良知的坚守，同时也体现了拉丁美洲文明的觉醒。如果将拉美文化看成一个文化整体，马尔克斯在文学上的成功深具文明的代表性。他用这枚诺奖证明，原本属依附性的拉丁美洲文化终于得到世界文学的承认，拉美文化在文化认同上获得了举世公认的新支点。同时也说明，文学的伟大并不在于文明的悠久与历史的辉煌，而在于面对现实生活的勇气和对人性良知的恪守。从这个意义上说，马尔克斯的文学成就已超越文学本身，成为拉丁美洲文化发展进程中的里程碑。

文学的成就来源于作家的个性，而个性是有思想内涵和情感取向的。离开对作家个性生活的追索，回避作家的民族性和社会性，不仅难以完整公正地评价其文学成就，更会忽略掉作家在文字背后的人性光辉，如何对善恶做出取舍，如何坚守文学的良心，而这些才是文学的价值所在，是文学能够伟大的根本原因。

难忘毕飞宇

你如果还没读过毕飞宇的作品，就该去读读。看这个二十世纪六十年代出生的江苏才子，是如何把文字推向极致的。他号称是现实主义作家，用他的话说，要试试现实主义在他的手里会是什么样子。他坚信任何想象都不能脱离现实，没有对现实的细致观察就不能写出有生命力的作品。同时，他又认为自己并非典型的现实主义作家。他觉得所谓典型的是缺少想象力的产物。

读他的作品，我感到毕飞宇不是在写小说，而是在画小说。文字间的距离一下消失了，就像风与风水与水之间的距离原本就不存在一样，好像中国字不该是一个个写出来的，而是像跳红绸舞的演员手里那根红绸子，那么一甩，就出来了。读他的《青衣》，读他的《雨中的棉花糖》，读他的“三玉”，读了他很多作品，我为他把小说“玩弄”得如此精巧惊叹不已。别人问他写小说的体会，他说，什么体会，就像走了个神儿，打了个盹儿一样。好个毕飞宇，就那么简单吗？我历来厌恶自我吹嘘，可读完他的作品后，我坚定不移地相信他的确就是走了个神儿，仅此而已。

毕飞宇的文字风格是流畅飘逸超凡脱俗的。他不善采用华丽深奥的辞藻，却把最朴实的最通俗的语言放到最恰当的位置，让你感到一种完美，一种逻辑的和谐，一种拍案叫绝的精致。你会感到文字在他手中强烈的音乐感，如果你愿意，甚至可以随他的文字唱出声来。同时，他的作品又深含作者对生活对人性充满哲理的思考。我常常被这样的念头打断，这真是他这个年纪的人写出来的吗？看看他怎么说："女人的衣服不是为一件件往身上穿的，而是让男人一件件脱的。"真是说到底了！不过先别感慨，这样的句子在他作品中比比皆是。然而最让我流连忘返的是他的文字结构，他的叙事过程。我甚至觉得他的故事结构已经让故事本身暗淡无光。好像一幅油画，色彩结构已让画的内容本身失去意义一样。那结构是绚丽多姿风情万种的，像个潇洒的公子哥儿，你明知他在勾引你，却无法拒绝。他牵着你鼻子走，看透了你，知道你在什么地方要感动，怎样感动。一句话，你拿起他就很难放下，即便强迫放下也无法抛弃。

不过如果你已读过毕飞宇，就请忘记他。我是说，如果你也想写出有自己个性和特色的作品，就应该忘记他。人有趋从美好的本能，当你觉得什么东西很美好，不仅会为之感动，还可能会视为一种标准。问题就出在这儿。看完毕飞宇后很长时间，我开始怀疑自己该不该继续写下去。对毕飞宇的欣赏与对自己的否定完全成正比。

我对友人说，我的东西像小学生习作。当然不排除就像小学生习作！关键不在习作不习作，而是一种丢失自我的心态。我想起恋爱中的人们包括我自己，会因爱别人而看不见自身存在。等明白过来，自己早变得面目全非。我曾与一些朋友聊天，他们中流行这样一种说法，学谁谁死。这句话文字上很费解，甚至不像文学话。学谁谁死，是学人的死还是被学的死？但我知道他们的意思，你要模仿谁你就死定了。写作是一种非常个人的行为，越个性越好。只能借鉴不能模仿，更不能设立唯一的标准。每个特殊的都可能是最好的。毕飞宇正是用他的独特造就了自己，把这种自我坚持到了极致，这正是他作品的最大特点。

我正在忘却毕飞宇，正在像结束一段恋情一样品尝着人生的寂寞和失落。我在寻找遗失在《青衣》、“三玉”中的自我，把支离破碎的往事像拼图一样拼凑起来。一边找一边吃惊地感到，我竟会这样为一种确信的美好如此忘情，如此投入，如此不顾一切，亏得是一段文字，要是个美妞儿可怎么办呢？

恩师董鼎山

我称董鼎山先生为恩师是有道理的。

二十世纪七八十年代我在国内上大学时，最喜欢的杂志便是《读书》。这本杂志由海内外知识分子撰稿，反思历史，介绍国外新鲜的文化知识、思想观念、风土人情以及名人名著等。中国当时刚度过十年的封闭阶段，人们亟须了解外面的世界，《读书》杂志恰当其时为中国打开一扇窗，深得学人追捧。当时董先生便是这本杂志的主要撰稿人，我是读着董先生的文章睁眼看世界的。

何止我本人，我们这一代人都受过董先生的熏陶。中国的改革开放并非一蹴而就，从 1976 年“文革”结束，到 1979 年末开始改革，中间这几年不可忽视，这是思想准备的几年，造舆论的几年，鼓吹的几年，任何社会变革都必须有思想准备阶段，戊戌变法为辛亥革命的思想准备，五四运动成为新民主主义革命的思想准备，“文革”后的三年是极为重要的思想解放阶段，不可或缺，而董鼎山先生正是这段历史的一员主将，他对中国走上改革之路有着重要贡献。

恩师未必非要手把手。章太炎被很多人视为恩师，但他并未亲授过那么多学生。当年他被袁世凯关在龙泉寺，很多人偷偷跑去看他，见一面就算学生了。我和董先生的关系比这密切，我的确受过董先生的亲手教化。

十几年前我第一本诗集《偶然》的出版，正是在董先生的指导下完成的，没有董先生的鼓励就没有这本诗集。当时我常在《侨报》副刊上发表诗歌，那时副刊主编是陈楚年先生，一位学识渊博又颇具浪漫情怀的谦谦君子，是他发现了我，首先采用我的诗歌。董先生也是从副刊上读到我的文字，开始知道有我这么个初出茅庐的诗作者。

后来有幸认识了董先生，从《读书》到与董先生相遇，相隔十多年，我惶之恐之，与董先生一见如故。他鼓励我，陈九，你的诗歌是真诗歌，不是那些故作呻吟的散文诗之类的文字，你把诗歌结成集，我给你写序言。我激动得说不出话。当时我们在曼哈顿他家不远处的小馆子里吃饭，还叫了红酒。董先生那天特别高兴，让我唱《甘露寺》给他听。我唱时他还为我击节打点，完全融为一体。

不久我的诗集出版了，序言作者：董鼎山。那个当年经常出现在《读书》上的名字，那个曾经启蒙了一代中国年轻人的著名作家的名字，也出现在我的诗集上。后来呢，我经常见到董先生，聆听教诲。你说，我以恩师称之，不算附庸风雅吧，不是乱套近乎吧。如果真有人这么说，我想董先生首先不干。

恩师董鼎山已经故去。他却永远活在我的心中。

与王小波的童年往事

往是足够往，事却未必算事。那时是孩子，孩子有什么事。

已故著名作家王小波写过很多优秀的文学作品，像《黄金时代》《青铜时代》《白银时代》，还有《沉默的大多数》。小波的父亲王方名是中国人民大学逻辑学教授，“文革”前后有段时间，他们一家就住在西郊人大的院子里。我对那时的王小波有印象，记得他提着叠型饭盒到食堂买饭的情景，那种饭盒当时很流行，层层叠起。据说创意来自欧洲，当时很多器皿都沿用欧洲造型，比如钢种锅，就是铝锅，二十世纪五十年代的钢种锅很多是从匈牙利进口的。

小波家住在老林园五号楼，我家住老林园一号楼，与五号楼平行，中间隔一条几米宽的马路和柏树墙。小波比我大，当时十三四岁，个子较高。我们不同年级，来往并不多，他去食堂买饭时总沉默不语，不像我们这群孩子，喧闹着，滚成团儿往前跑。我记得有一次他父亲与人交谈，就在我家楼下，小波站在身后无语。那时我十一二岁，孩子对孩子很敏感，就像狗对狗猫对猫很敏感一样，是本能。我知道他是王方名叔叔的儿子，我跟他爸爸妈妈比跟他熟。

现在想想那时的少年生活，恍若隔世，谁也不知长大会怎样？任何成功都不是预先设计的，特别像我们这些 50 后，命运太动荡，充满戏剧性，小波未必想过会成为优秀作家。我们院子里还出了另一名作家，陈建功，建功长我五六岁，我俩同为人大附中孙凯飞老师的前后学生，当时他在木城涧煤矿当矿工，常跟我们这些小兄弟聊生活谈理想，拔除我们的懵懂。一晃半个世纪过去，他们的人生竟如此闪耀，闪耀得像长明灯一样，时光好奇妙。

接着说不算往事的往事。

林园楼的每个门洞里都有一排信箱，每单元一个，邮递员送报送信就放在里面。有段时间，信箱里散发出难闻的猫尿味儿，愈演愈烈，不久还传出猫崽子的叫声。我们几个孩子好奇，深入查看，竟发现信箱背后有个洞，味道和猫叫声都是从那里传出的。我们用木棍伸进去试探，突然一只发飚的大猫伸手抓木棍，发出嗷嗷的吼叫，吓我们一跳。大猫吼时，还有小猫的叫声跟随，这下我们明白了，是一只大猫在信箱背后下了窝小猫。我们顿感兴奋，日子本来就寂寞，一切都按部就班没任何刺激，没刺激的成长是可悲的，可悲到连一只下崽的猫都不肯放过。

我们立刻进入“战斗状态”。当年端日本鬼子炮楼的机会肯定错过了，但我们时刻准备着，现在机会来临，人们需要我们把这些大小猫都弄出来，恢复信箱的整洁宁静。我们带着神圣情怀，充满使命感，完全忽略了大猫小猫的母子关系，用拯救瑞恩大兵的姿态驱大救小。

一身材瘦小的孩子钻进信箱试图捞小猫，但被大猫逼退。局势很明朗，不赶走大猫便救不出小猫，赶大猫是当务之急。我们拼命用木棍往洞里捅，但有压迫就有反抗，大猫的抵抗原本就很正义，愈加强烈，局面呈现胶着。

大家涨红的脸泛起汗水，奔前跑后不遗余力，“战斗状态”一目了然。正在这时，王小波从我们楼前经过，本不说话，可我们热火朝天的干劲令他好奇，问：“你们干什么呢？”“抓猫！”他马上说：“马云家的猫丢了，别是他家的吧？”马云也住林园五号楼，是小波近邻。他这么一说我们有些泄气，折腾半天如果是家猫就没劲了，人家怪罪我们怎么办？不，绝不是马云的猫。我们说：“这是野猫，在信箱背后下了窝猫崽，我们要把它轰出来。”小波走近看看，歪头向信箱里窥视，然后说：

“得用烟熏。”

“用烟熏？”

他让我们找来一截烟囱，那时虽有暖气，但有些家庭嫌不够暖，仍烧蜂窝煤炉子取暖，找一截烟囱并非难事。我们找来烟囱，小波到外面捡些干草，塞进烟囱一端，将另一端伸进信箱对准那个洞，然后点燃干草。浓烟滚滚很快淹没了整个门洞，我们开始淌眼泪，面露疑惑。就在这时，一只斑斓大猫突然嗷一声从信箱中窜出，当着大家面跑出楼道，向林园五号楼方向逃去。王小波弄灭冒烟的烟囱说："我没说错吧，你看，是马云的猫，我认识。"随后大家说笑散去。

后来，山河动荡，世事无常，人们离散。

时光似水，物换星移。当年的孩子正走向天命，心却依然年轻着，完全不可思议。这件事我并未忘记，但从没提起，即便后来我与小波成为人民大学同级不同系的校友，我认出他，他没认出我，也再未提过。现在说，一是斯人已逝，每当回忆往事便会想起他，想起他小时的样子，颇有感触。二是优秀作家是美好情感的化身，不该轻易遗忘，包括他们的成长，他们的童年。我们那个院子，同一时期竟走出两名当代优秀作家，不奇妙吗？别人可以无所谓，但对我来说，他们不只是平面文字，更是立体岁月，不是凭空出世，而是石破天惊前的卧薪尝胆，我与他们擦肩而过，我为此荣幸，也为他们的人生骄傲。

Wild Grass Grows Wildly

流浪到故乡

Part 5

多少步履打此踱过，留下传说或湮没人海，在浩渺的时间长河里隐现着。今天一个地方，明天可能就到另一个地方，为生计奔波，随情感起舞。

把漂泊变成相遇

旅居纽约二十多年我终于明白一个道理。当你刻意去某地做某事，好像一切顺理成章，事后却发现，忙活半天不过是个背景而已，真正的目的另有所属，恍如冥冥之中早有安排，其意义超越你最初的打算。我来纽约从留学到定居的过程正如是，因厌倦官场根深蒂固的人身依附而出走海外，拟通过自我放逐寻找丢失的个性，渴望自由自在没人管，没人给我使坏，还能学本事拿学位，再把英语说利索了。在国内时我老有“英语过关”的情结，不过关算什么有学问呀，得说成串儿连成句，老一个个蹦字儿多难堪啊？总之，这些都是我当年出国的动机。

到了纽约渐渐发现不那么简单。上学也就两三年的事，拿个硕士行了，不能永远当学生吧？再说自由，这俩字几乎成天堂同义词了，到纽约才明白，自由很简单，就是万事没人管，全靠自己奔，没人告你能做什么不能做什么，即便合法权益，你连知道都不知道怎么争取啊，越自由越惶恐。看过电影《海上钢琴师》

吗？那个在船上长大的钢琴师为何不肯下船？下了船他不知该怎么活，他受不了那种迷失无助的孤独，他害怕，宁愿与船同归于尽。每每看到这儿我都热泪盈眶，情不自禁，觉得自己正替他走下船，在雾蒙蒙的自由里奔吃奔喝奔生活，背后的大船已离我远去，再没“老大”罩着我，我开始不可逆转的独行。至于英语过关，后来才醒悟，过关是指中国人关起门来自己比，在美国你过什么关呀，永远过不了关，够用就得了，别再把中文忘干净就不错。而这一切都是自己当年的选择，如果那也算选择的话，说不出道不出的。

庆幸的是，我来的是纽约，纽约耶，事情便因此不同起来。

纽约是座独特的城市，我一直想用一句话比喻她，大码头，大货场，大影院，大博物馆，大时装秀，大饭馆，反正得有个大字，以示杰出。纽约的确是座杰出的城市，什么都体现着日积月累的身价，可以说是座海纳百川的“世家城市”。她的历史虽无法同万里长城相比，但她从不折腾自虐，而是珍惜每一滴历史荣耀，并带着荣耀一路前行。没有自尊便不懂珍惜，没有珍惜就没有积淀，没有积淀何谈文明的分量呢？文明的地位与历史长短关系不大，而取决于文化的自信度。纽约是靠水滴石穿攒下的自信，使她成为巨大的文化参照系，像个大舞台。没错，大舞台，这才恰如其分体现出纽约的魅力，一切成功或伟大在此最好别装，最好以本性状态表演，纽约是个容易穿帮的地方，搞不好闹笑话，离开真诚，任何“伟大”都会因虚荣而一败涂地。

说纽约是舞台是因为有太多人来此展示，这正是舞台的致命诱惑。如果说好莱坞是美国大片的舞台，纽约正儿八经就是世界的舞台。无论哪行哪业，最优秀的代表者必在纽约有一席之地，这几乎是约定成俗的规矩。华尔街自不必说，当年美国“镀金时代”的代表者是费城，那里发现了人类历史上第一桶石油，是美国工业革命的结晶。纽约却利用水陆码头的天然优势，把金融证券操在手中。结果呢，算你狠，握住石油可以当富翁，而控制金融的则成为世界统治者，像今天的高盛、摩根，这些名字都是一百多年积淀的结果，如果说金融是经济血浆，纽约当仁不让是世界的心脏。还有房地产业，都知道迪拜的楼宇堆金砌银，全加上也不抵半个曼哈顿。世贸大厦坍塌后为何非要原地重建？那是纽约房地产业，以至美国经济的信心象征。纽约第二大道地铁线修了八十年尚未竣工，说资金不足，而重建世贸大厦的投资可修五条地铁，瞬间拔地而起，因为它是纽约霸主地位的权杖，就像当年成吉思汗的长鞭一样。下围棋的都懂得“叫吃”，类似象棋的将军，世贸大厦就是面对“叫吃”长出的一口气，一口气就是一片天下。

既然是世界经济中心，文化必相得益彰。经济是啥，人来人往嘛，哪儿的人都到这儿来，日久天长便形成纽约文化独特的一面，那就是多元性和包容性，堪称典范。有个统计数字说，联合国在册的世界语言共 195 种，纽约就存在 149 种之多。这么多不同文明的人生活在同一屋檐下，唯有当年盛唐才发生过。从碎叶城下长安，李白父亲牵着五岁的小李白风尘仆仆，走的是丝绸之路。纽约却用金钱铺路，资本铺路，以致后来教育铺路，文化铺路，把众多精英汇聚旗下，形成巨大的“文化虹吸”现象，使纽约自然成为美国文明的旗舰。从爱伦·坡、霍桑、惠特曼、欧·亨利到海明威、福克纳、梅勒，以及“垮掉的一代”，比如 2016 年获诺贝尔文学奖的鲍勃·迪伦，无论其桑梓何处，都与纽约有不解之缘。好莱坞大多明星，像史蒂文·斯皮尔伯格、小李子、汤姆·克鲁斯，均在纽约拥有宅邸，时不时便出现在曼哈顿某个角落，几乎每个纽约人都有巧遇名人的经历，不稀罕。至于那些短暂停留的骚人墨客更数不胜数，很像当年的“下扬州”，未经过“瓜洲夜泊”的文人虽说也是文人，终怀有一份“思悠悠恨悠悠”的遗憾，看看，纽约还没去过耶！

洋人如是，华人亦如是。从某种意义上说，自曾国藩派出第一批旅美幼童始，中国近代史就与纽约难解难分，几乎成为“我们的一部分”。这种关系颇似抒情散文中的省略号，啊……中国，是啊，后面的归纽约。无论前清遗老，退役封疆，还是世家子弟，演艺名流，多少步履打此踱过，留下传说或湮没人海，在浩渺的时间长河里隐现着。这么说不仅是一种陈述，更是丰富的感觉，像空气一样环绕着你。我曾在《夏志清印象》中这样写道：“不久前我去一家叫‘白珠’的餐馆吃饭，都说那里风沙鸡做得好，发现隔壁有位老太太举止不凡，上前一聊，竟是冯玉祥家人。还有一次我在‘华美协进社’朗诵诗歌，下面有位年长女士风采夺目，经介绍方知是郁达夫的儿媳。还有民国外交家顾维钧的遗孀，爱新觉罗氏的金王爷，青海马步芳的后人，笕桥航校的少将教官，前国民党中央金库驻纽约襄理，中国近代史真是离不开纽约。”常说纽约是座五彩缤纷的城市，何谓五彩缤纷？不是大都会博物馆，不是百老汇舞台剧，也不是时报广场、自由女神像。从根本上讲，纽约的丰富是人，形形色色的人。如果纽约真是座舞台，那么这些人来此不光为居住或闯荡，更为参加一场“人文演出”，在这座世界文化舞台上充任角色，彰显个性。

刚来纽约时心浮气躁，灵魂落在故里尚未带来，只知道走马观花，意识不到纽约的真正魅力。漂泊最怕找不着北，无所适从，老觉得自己是过路者，潜意识里不认同此地是你安身立命的另一个故乡。混在他乡只有随遇而安落地生根，才会以本地人的自觉心态关注周边环境，像新媳妇过门儿，生下头胎才知道婆家是怎么回事，一个人影一声响动都会留意，才下眉头却上心头。你只有属于纽约时，纽约才属于你，才会把自己的身世通过各种机会涓涓向你倾吐。比如在餐馆吃早餐时遇到胡因梦，过去只在电影中见过她，怎么突然竟从银屏上走下，走到我身边，坐在我对面呢？还有著名学者董鼎山先生，他是中国改革开放初期的重要启蒙者，对我们这代人影响巨大，是我们高山仰止的偶像，怎会在一次诗歌朗诵会后走上前对我说“我叫董鼎山，非常喜欢你的朗诵”，像一位朴实慈祥的邻家阿伯。再比如著名散文家王鼎钧先生，我曾如醉如痴读他的《左心房漩涡》，揣摩他是怎样的一个人，竟有如此超凡脱俗潇洒飘逸的智慧情怀？可就在纽约作家的聚会上，当我走向他介绍自己时，他竟先用山东方言对我调侃道：“呀，九爷，这不是陈九爷吗？”搞得我无地自容，心中踌躇顷刻消散，充满无限的敬意。

这一切看似偶然，可这种偶然会发生在其他地方吗？我想不会，不会的。对我个人来说或许偶然，对纽约而言却是本性流露，必然发生的。纽约的本质是啥？就是一部活着的历史，演不完的历史剧。我们在其他地方认为结束了的，在纽约却依然穿越着，从未中断。这种感觉来源于生活的真实，再没什么比生活本身更富戏剧性的了。第一次在纽约遇到我从未谋面、九十三岁高龄的二舅爷，他是当年国民党中央金库派驻纽约的代表，曾组织过“美国医药援华会”，与陈纳德联名向马歇尔呼吁支援中国的抗战。抗战对我这代人来说早已结束，是过眼云烟。可当我面对他时，他说的语言、涉及的人物事件，仍充满浓郁的二战气息，让我瞠目结舌恍如隔世。在曼哈顿的“华美协进社”朗诵诗歌时，“华美协进社”这几个字为胡适亲笔所书，是他和杜威教授用当年部分返还的“庚子赔款”，创办了这个以促进中美文化交流为目的的非营利组织。仰望依然如新的匾额，历史仿佛回到二十世纪二三十年代，也许就在我朗诵的位置上，曾闪过梅兰芳、刘半农、赛珍珠和老舍的身影？俗话说物是人非，“人非”是没办法，无法阻挡，可“物是”也不得了呀，睹物思人历史才不会虚无。人们毕竟容易相信看得见摸得着的东西，纽约的每寸历史都不是虚无的，这里没有刻意的破坏，疯狂的拆迁和自我贬低，你只要在意纽约，心存敬畏，就已经徜徉在历史之中了，历史只属于懂得自尊自爱的国家民族。

居纽约二十余载，有太多“偶然”春风扑面。什么东西都这样，一经启动便刹不住车，渐成模式。你只要注意对方，对方必注意你，有点像谈恋爱，你老盯着姑娘看，人家铁定蓦然回首，看是否还在灯火阑珊处？常有这样的质疑，你怎么老遇名人，咋就这么幸运呢？答案还是上面那句话，只要心用到，芝麻芝麻开门来，纽约的文化宝藏自然会向你敞开，尤以那些活灵活现的人们为最。都说纽约藏龙卧虎，如何理解？哦，满大街的龙王爷大老虎，手舞足蹈？不对。藏龙卧虎不假，关键是“藏卧”二字，这些龙虎都是以返璞归真的人生状态行走于纽约，洗尽铅华水落石出，三界之外不在五行，那才是人生最美妙的境界，最可爱的呈现。当年著名的“唐夏论战”，唐德刚说中国小说好，夏志清非说西方小说妙，争执不下气氛凝重。可我见到的唐夏二人是在餐桌上，他们像孩子一样彼此调侃，酒酣胆热口无遮拦，让我感动。

还有京剧名家杨春霞，梅花奖得主，过去只在荧幕上见过，可此时此刻她竟向我伸出手说“来，拉您一把”，把我拉上台跟她一起反串现代戏《智斗》，原来她的手也出汗，她的汗也是湿的。名人不光是灿烂的，也是平凡的，只有平凡才真实可信，让你明白，原来每个人都可以活得精彩。

原以为来纽约只为自由自在，可自由自在并不等于有滋味，丰富多彩。尤其当生活僵化成谋生手段时，就更原形毕露了。从前有座山，山里有个庙，像老和尚念经，什么东西只要简单重复，每天上班连踩哪块石头都预先想到，那是多么麻木的情形，我始终认为麻木是死亡的一种。是纽约的多姿多彩拯救了生活，把漂泊变成相遇，与历史的相遇，与各色人物的相遇，仿佛冥冥之中自有主宰，为我落户纽约锁定归宿。为此我不得不重新审视漂泊呀，他乡呀，这些婉约派字眼，什么“悲凉千里道，凄断百年身”，还有“西北望乡何处是，东南见月几回圆”，这些情怀肯定有，但绝不是全部。真实的纽约生活没这么酸楚，反倒蛮有味道，是独自一路。你必须主动走近她热情追求，她会反身一把将你拦腰抱住，让你醉得喘不过气来。

漂泊三重唱

就在落笔一瞬，我心里又回荡起十多年前酣畅淋漓、疯疯癫癫的感觉。你们这些当年的漂泊艺术家们今天又在何方？那时我们初到纽约生活动荡不定，今天一个地方，明天可能就到另一个地方，为生计奔波，随情感起舞。可我们精力充沛信誓旦旦，对未来没有丝毫恐惧和怀疑，坚信生命是一只船或一辆越野车，正经过无边无际的波涛原野，最终到达一个我们梦想或从未梦想过的地方。在那里，我们可以随心所欲。

就这样，我们像被风刮到一起的落叶，你走向我我走向你，没有陌生感，不需要任何客套，只要一张口，就像点燃煤气灶，轰地烧成一片。我们被风聚拢，也共享追逐风的快感。每当聚会结束，大家都问同一个问题，“下次在哪儿？”“怎么走？”“你车能坐几个人？”“能不能带上某某妞儿？”这是一种特殊的“军事会议”，我们为部署部队投入的真诚和智慧并不亚于著名的北非战役。而这样的会议几乎都发生在夜阑人静时分，城市已在酣睡，一轮斜月西悬。“同志们，再不走天就亮了。”“轻点儿轻点儿，邻居会叫警察的。”“哈哈哈哈，警察，是让我们把警察抓起来吧？”

别以为这是群神经兮兮的人物。我们乍到异邦，像被突然来个扫堂腿，有些失落，有些陷入迷阵的困扰。以往的骄傲灵魂和丰富感受一下变成个傻孩子，徘徊在陌生的街头无依无靠。怎么，就不许我们哭一声叫几下吗？在中央公园画了一夜的肖像，谁能比我们更懂纽约深秋的寒冷？可警察来了，一句话甚至一个手势，整夜的辛苦就付之东流。半夜下工在路灯下看到个外卖郎，他几次抬腿想蹬上那辆自行车都失败了。过去一看，原来是钢琴家老史。他呜咽地说，蹬了一天，实在蹬不动了。我抱住他，紧紧地抱住他。对了，记得作曲家韩韩吗？别提谭盾，千万别提他，天下有几个谭盾！韩韩住的房间顶多有洗手间那么大。我带个盒饭去看他，他光脚躺在床上正在听瓦格纳的《漂泊的荷兰人》。看我进来便瞪大眼睛，仔细一看才发现，他在盯着我手中的盒饭。还有还有，女诗人雨佳，记得吗？到餐馆儿做带位，十二点进去，十二点半就被赶出来。“这是第十次了。”她在风中抽泣，肩膀不住颤抖。没错，我们需要哭泣，好想哭泣。

但即便如此，不甘寂寞的本性一次次拯救着我们。只要睡上一觉洗个烫烫的热水澡，再在喷头下来几句《弄臣》中明亮的咏叹调，米米米搜法来，来来来法米斗，就又是一条好汉。我们被理想支撑着，被未来诱惑着，被彼此间半疯半傻的巨大共鸣浸润着，我们的灵魂从未放弃和改变。在一架钢琴旁，你情不自禁弹出一首歌曲，搜米法搜搜法拉拉搜米，搜米法搜搜法拉拉搜米。马上，我们立刻不约而同跟着你的琴声唱出来：

同志们加入我们的小队

我们攀登高高的山岭

那里有我们驻地和营房

我们是，游击队之鹰

“不行不行，这是三重唱，别亵渎艺术好不好。来，你一声部，你来第二，我唱三声部，再来再来。”于是，琴声又起，流畅的旋律几乎把少年时光翻个底儿朝天，湿润的土地，炎热的夏天，安静的下午，好多小秘密的秋日黄昏。无论当时你在何处，我们共有锦瑟风华，在不同屋檐下唱同一首歌。“同志们加入我们的小队，我们攀登高高的山岭。”我们曾如此投入地拥抱每一丝美好，一丝丝一环环，像把螺丝钉拧进扣里，把生命融进感动里，此刻的优美和声不就是证明吗？雨佳好像又哭起来，低下了头。“怎么了雨佳，难道第十一次了吗？”她笑起来，女人含泪的微笑永远是最美的。“去你的，是你们唱得太好了，我从没听过这么感人的男小合。”“那要不要喊‘乌拉’，当然是小声的？”画家何多装得一本正经。“乌拉”，哈哈哈哈。

不知何时开始，每当激动时刻我们都会唱这支歌。在电影演员苗苗家后院烤肉时，排骨都冒烟了，哈，跃上葱茏四百旋，可我们绝对不会停下来，“那里有我们驻地和营房，我们是，游击队之鹰”。“嗨，排骨烤好了，不过就是，别翻，你就吃这边吧，好消化。”

猎人山那个滑雪冬日，我们风驰电掣般赶过去，把陷在雪窝里笨笨的何多救出来。当把他像麻袋一样卸在长椅上时，他如梦初醒地问道：“我们现在该干啥？”“去去去，你少来，又要喊‘乌拉’，烦不烦。”他神经质地把双手伸向空中：“苍天啊，我说喊‘乌拉’了吗？说了吗？”冬日残阳染红我们的身影，山谷竟如此宁静，只有我们的歌声悠悠回荡。“同志们加入我们的小队，我们攀登高高的山岭。”

更忘不了作曲家晓松，妻子巧莎刚和他分手。他突然要一个人去法国，大家在机场相聚。“我想不通啊，我认识她时她才十三岁，臭老美就一顿饭，不就四季餐厅吗，怎么可能，这怎么可能！”晓松说话总情不自禁落入鲜明的节奏中，像唱话。我们安抚他，情景很像《茶花女》中父亲与亚芒的深情对唱。情感之事就像尼亚加拉瀑布的水，是在毁灭和再生中永恒的。也好，背着你高傲沉重的灵魂，去走走吧。我们谁又逃得掉，怕只是早晚而已。看飞机巨大的机头正缓缓闪动，像一把反光伞把前方虚拟得一片洁白。我们又一次轻轻哼起“同志们加入我们的小队”，只是听上去好沧桑，好遥远。

生命是一次漫长的旅行，她总被离别时刻一次次记载下来。

每个离别就像深秋的树叶，又落了一片。难怪古人创造出“飘零”这个词，一飘就孤单，真是既形象又伤感。当最后一片叶子也落了，不，我不去想最后一片。此时我心里依然枝繁叶茂。我记着你，你一定也记着我，用仅仅属于我们自己的歌声、语言、眼神，甚至气味，编织起一个绝对美好快乐，也是绝对幻觉的世界。等等，幻觉，真的是幻觉吗？

很多年后的一个晚上，我突然接到个电话。拿起话筒没有声音，我不停地哈喽哈喽，可对方就不说话。我听到他的呼吸和笑声依稀熟悉，刚想再问，只听歌声已徐徐响起：“同志们加入我们的小队，我们攀登高高的山岭。”

你，你，你小子在哪儿呢？

漂泊与畅饮

窗外长云，落霞无语，正是品茗沉思的时刻。

原先在国内我不喝茶，而是大口吃肉大碗饮酒。我喝酒还有个毛病，太阳不下山不饮，非等晚霞落定，留几抹残红不打紧，更有诗情画意。这时便三两相邀，要么出外要么在家，我当然偏好后者，俗话说舒坦不如倒着，外面怎么倒？还得家里。朋友备菜我负责酒，于是好戏开锣，走一个，非把那个夜晚喝美喽，喝得大江东去不可。

后来出国，漂泊万里，没想到会跑得这么远。那是个新鲜的国度，绿色，繁华，宗教。也是块陌生的所在，口音和金发碧眼将我打入冷宫。于是我顾不上大口饮酒的诗情画意，而时刻保持小心清醒的状态，猫狗觅食般寻找着丝丝生机。当时关注最多的，是哪有什么如何获取？哪有奖学金可以申请，哪有工作机会可以争取，竟成每日新常态。这么一来恣情便失宠了，哪还有闲心畅饮呢，看来畅饮是一种特权，只属于轻松的心境。在家三辈老，出门三辈小，老是任性，小是没人疼，就这个没人疼，将原有的肝胆消磨殆尽。异乡不是无酒，哪还能没酒，连俄亥俄乡下的私酒贩子我都认识，他们偷酿的无牌伏特加几乎 70 度，又苦又涩，一口就把眼泪呛出来，止都止不住。

所以呀，异国漂泊缺的是喝酒的心情，心情就是酒，心情没了酒就没了。不是有这么句话，喝酒可以哭泣，哭泣不好喝酒。喝酒只要到位，真情流露，想起伤心之事潸然泪下很正常，不算什么。但反过来，当你紧张兮兮或忧心忡忡，一口下去非上头不可，尚未飘然若仙就倒下了，焚琴煮鹤大煞风景。漂泊的真谛就在心情上，就在对酒的态度上，对酒的态度就是对人生的态度，回避喝酒往往是那些过度谨慎或缺乏自信的人。就说海外华人吧，当年出国如果还有几分留洋的虚骄，早被祖国的发展优势抵消一空。现在时常听到这样的感叹，如果当年不出国会怎样怎样，不过也不后悔。怎样啊，能当马云吗？不后悔说它干啥，说出来还是后悔了。当然，真实的情感比这要复杂得多，生存的压力，孤独的处境，加上对故园亲人春蚕吐丝般的思念，这一切通通搅在一起，使漂泊的羽翼很难恣意张扬，如果这真是一杯酒，饮下去也只有甘苦自知了。

我自己亦有类似感触。过去写东西口无遮拦随心所欲，即使得罪人也不在乎。近些年面对国内读者，却渐渐感到不可名状的压力，担心我的文字立据不准，远离你们的真实感受，而无法与你们共鸣。因为国内变化太快了，像好莱坞大片眼花缭乱，很多人喜欢美国电影，其实中国才是真正的传奇，任何大片都无法比拟。比如高铁，不久前打通了一条四十公里长的隧道，让人类目瞪口呆。还有桥梁，海上能架桥，海还是原来的海吗？如果海的坐标发生位移，世界呢，世界三分之二是海，海小了世界当然更小。很显然，中国干的是改变世界的事，中国人总是干大事。

这样一来，国内变化的快相对于海外生活的远，这个远便被迅速扩大，不仅仅是距离，更是彼此在生活感受上的差别。从北京刚回到纽约，信誓旦旦，觉得自己非常了解国内。可几天后再看新闻，又有强烈的悬空感，哎呀，房子可住不可炒，那房市会怎样，股市又会怎样呢？对每个新移民来说，海外生活无论多么忙碌，关心祖国的变化须臾不可无之，因为我们的青春岁月和情感渊源根植于斯，是生命的一部分，永远分不开剪不断。面对国内读者的不安之感，其实并非怕文章写得不够精准，而是怕读者体会不到一位海外作家的心声，怕心底的真情因细节的误差而被你们曲解，这才是最担心的。

每次回国老友重逢，都被他们身上的勃勃生机感染着。那种洒脱不是装出来的，也非个性使然，而是与天地山河都市人流融为一体的时代气息，是国势中兴在他们身上的自然折射，富于进取，充满活力。这片热土像一座熔炉，他们是久炼成精的美猴王，气吞山河蓬勃向上，有梦想也有远方。这种激荡腾跃的动感，让一切所谓的自命清高超凡脱俗抬不起头来，甚至连讨厌的 PM2.5 都得两说了。

当然，这也一定体现在酒上。朋友来了有好酒，老友向我敬酒都是满满一大杯，他们说这是规矩。可我在纽约二十多年，说实话，没见过这个阵势。本该入乡随俗，就冲亲发小儿，亲战友，亲同学的份上，必须得喝。真是举得起咽不下呀，这才感到我们之间无形的距离，一杯浊酒量出了彼此的境界胸怀。虽然他们照顾我，让我慢慢饮，人家干了我一口，但酒过三巡之后还是忍不住对我坦言相告：“九兄啊，当年你比我们猛啊，美国怎么把你弄成这副样子，咱不去了，咱回家行吗？”说得我哑口无言。分别时我们彼此相拥，他们千叮咛万嘱咐：“九兄，赶紧把酒恢复恢复，我们就一句话，愿漂泊的人都有酒喝，愿漂泊的人都能喝酒，没酒哪来的幸福呀。”

是啊，愿漂泊的人都有酒喝，愿漂泊的人都能喝酒。我记下了。

漂泊中的写作

最早写小说是十九岁，我在山西修太原到岚县的铁路，住在汾河边一个叫河口的小村子里。当时局面很压抑，人人都望不到路的尽头。这种忧患感，加上愈演愈烈的青春骚动，浮云游子意，落日故人情，很难平静下来，总想搞事儿。比如擅自上山打猎，偷雷管去汾河炸鱼，暗中给女兵排座次，谁最漂亮谁第二漂亮，哦呦很危险，我坚信没人管的青春是最危险的岁月。好在我是闷骚型，作家大多数是闷骚型，那时有看书写字的习惯，拯救了我的贞洁，一闲下来就读书做笔记，我的第一部中篇小说《晚霞》就是那时完成的。

后来恢复高考，忙着复习考试。上了大学忙着做功课。毕业分到部里又忙着建功立业，升副处升正处，一点自我都没有，像机器人。现在想想好可惜，没什么比丢失自己的青春年华更令人伤感了。再后来呢，出国，自我放逐，像幽灵一样在北美徘徊，一点点搞定自己搞定生活，寻回丢失已久的自我。我很感谢漂泊时光赋予我的人生经验，更深刻体会到人情的珍贵。有一次我在一家叫“中国门”的餐馆当服务生，由于做这种工作心里很不平衡，手在打颤，在接待一对年轻情侣时，不小心把一杯红酒洒在那位女士的身上。她身着米色西装，红酒沿着她的肩膀流下来，鲜血般凝固了我。老板姓陆，冲上来逼我用薪水赔人家衣服。我完全失去反应，木呆呆站着像一具蜡像。

这时只见那位男士起身走向我。我以为他至少会呵斥我。没想到他一把从背后将我搂住，紧紧地搂着，在我耳边说：“别害怕，什么都没发生，什么都没发生。”他感到我在颤抖，对老板喊道：“你不要吓坏了他，如果你扣他工资我就永远不来你的餐馆吃饭。”多年后我带领全家浩浩荡荡返回那家餐馆怀旧，仍是同样的陆老板，老了许多。他说上次那个男士后来选上兰开斯特市的市长，还经常来此用餐。

还有一次在首都华盛顿西北区送外卖，那是最贫穷的区域，一片狼藉。我车刚刚停好，正准备摇上车窗，只觉一支冰冷的枪口顶在我火热的太阳穴上，枪要是块冰多好，我能融化它，可它毕竟坚硬无情，吓得我险些失禁。忙问，哪路好汉，所为何事啊？他掏出一包东西让我买，五十美元。悲催的是，除一袋外卖我身上只有几块钱。我试图向他解释我没带那么多钱，这袋外卖送你行吗？他不仅不答应，好像还被激怒了，哗啦一下抽动枪栓杵着我。我第一次体会汗毛竖起来的感觉，过去是听说，没真见过，此刻我身上每根毛发都竖起来，扎扎的，惊恐万状。就在命悬一线之际，只见一个女人，一看就是站街女那种，穿着齐平的短裤，呼之欲出的胸膛，对打劫我的仁兄喊道："嘿，你跟送外卖的过不去干吗，他哪有钱，来来来跟我走吧宝贝，到我那去。"他们离开后，我在车里坐了很久才喘过这口气，发现浑身都是冷汗，沿着后脊梁骨涓涓流淌。

几天后我又去十七街送外卖，正赶上一群站街女在警署门前担牌抗议。原来警察扫黄的方法很差劲，不抓不关，而是用巴士把被抓住的她们送到很远的郊外，然后赶下车，让人家自己走回来，她们走了整整一夜才各自回到家中。一听到这儿我义无反顾加入抗议的行列，再怎么说人家救过咱，不表示表示不够意思。我跟她们一齐喊，"没有公平，没有和平"。事后想想有些不安，外卖郎带站街女呼口号，警察逮住我怎么解释呢？

坦率地讲，漂泊让我大开眼界，只有经过冷暖荣辱才知人间的多姿多彩，才能扩展心胸，丰富的阅历才是写作的基础。好文字绝非有感而发那么简单，更要有用血汗熬出的厚重。你可以不当黑社会老大，但要有黑社会老大的见地，才能写出有张力的作品，在作品里你可以是任何人，这种把握只能来源于坚实的生活体验。

海外作家鲜有专业的，各有各的饭碗，工作是我们谋生的手段，必须干好，才能享有安稳的生活品质。而写作完全是我们的生命形态，无法停止，就像无法不吃不喝，只要真的喜欢，就什么也挡不住。很多伟大作家听上去是专业的，但他们开始写作时无一例外都是业余的。列夫·托尔斯泰发表作品时是当兵的，左拉开始写作时是个小牧师，马尔克斯是新闻记者，都有自己的职业，都是在写出名气后，有稳定的版税收入后，才全身心投入文学创作的。他们是幸运者，他们的才华和勤奋，使他们最终获得随心所欲的自由，但这只是结果，并非走向文学成功的必要条件。

一个写作者首先要读懂自己，读懂真实的自己，敢于豁出去追求心中的最爱，为此不必太在意个人荣辱。作为一个写小说的人，一个文学创作者，要有把自己像祭品一样献出去的坦然，献到文学祭坛上，没有这种勇气和真诚，文学女神缪斯是不会光顾你的，她有太多人要关照，怎顾得上一个三心二意的作者？这与你的职业、你的过去和未来，都没有太大关系，你真选择了吗，跳下去吧，“唐塔跳下去了，昭仓也跳下去了”，现在轮到你，有信心吗？还有些人热衷于写作的诀窍，其实没什么诀窍，唯一的诀窍就是在创作时忘记尘世中的自己，天马行空，我行我素。人很难在现实中活出真实的自己，因为这有危险，但在文学中可以，就看你愿不愿意了。

Wild Grass Grows Wildly

琐碎与思考

Part 6

TANTO

正是心中鲜活的爱意驱动着生命引擎，从未停顿，一路前行。爱意是美好的情感，当丰富的阅历遇到美好的情感，生命便成为一种艺术。

生命不老的真谛

刚才朋友发视频，说有个俄罗斯小伙子突发奇想，组建了一个以老年人为模特的广告公司，大获成功。他选用的模特无论男女均六十开外，从镜头上看，这些资深模特个性凸显，其风采丝毫不输那些小萝莉小鲜肉们，完全颠覆了我的审美成见。我不禁疑惑，他们充满魅力，这魅力源于何处呢？

我在文字里，一提女人就长发飘逸，因为长发暗示青春，大辫子、马尾、清汤挂面、长波浪，等等，都是年轻姑娘或少妇的专属发型。说人家长发飘逸，实际反映了内心对年轻女人的渴望。可在这个视频中，我居然也看到飘逸的长发，银光似雪漫天飘洒，晨雾般多情浪漫，令我惊诧。不仅如此，还有身材风韵，绝不输年轻模特，比后者更多情更撩人。我搞不懂现在的年轻女模特为何都不许有胸，从上到下一马平川，莫非审美已抽象成符号，跟性别无关了。

这不是最重要的。让我迷惑的是，究竟是什么如此打动我，这些比我还年长的男男女女到底哪里让我感动到倾慕的程度？现在我终于想明白了，是他们眼里洋溢的神采，深情优雅，丰富到五彩云霞的程度，五彩云霞，空中飘，那不是一双双眼睛，而是一篇篇传说，是百转回肠的咏叹，是人约黄昏的柳梢，是铁马冰河的蹄踏，是举手相送的凝噎，很多很多，诱惑着我的想象暧昧且困惑，飞向远方。而这在年轻姑娘的眼里是无法感到的，两回事，她们自以为是的神态轻佻而浅薄，像空旷的处女地，在等着用断桥偶遇，红烛昏罗或桃花潭水去耕耘播种。

因此可以说，这些资深模特的魅力源于他们的丰富阅历，像乐章的曲调、诗词的节奏、素描的透视一样奠定了生命的底蕴，是风采依托的凭据。世间无数种美丽，夕阳朝露，春花秋月，无论多少，真正隽永的美丽应像多棱镜折射的光彩，必须是丰富的，这种丰富超越作家艺术家的想象，是生命的魅力所在。生存之欲说到底是对下一次美好的好奇与期待，这恰恰深藏于生活的丰富之中。而这些资深模特所展现的风采会让人情不自禁联想，仿佛品尝美酒的醇度，饮酒讲究几年陈，陈才有故事，喝酒喝的是故事，丰富的本质就是有故事。

可细想又不全对，阅历丰富的人很多，并非人人都有丰富的情感，甚至大多数人没有，活到这个年纪基本就枯萎了，呆板的面孔看不出表情，阅历再丰富也架不住岁月的消磨，哪还有什么神采？换句话说，阅历丰富不必然有风采，这只是必要条件并非充分条件，肯定还有某种能量，像活泉那样滋养着生命的品质，否则就无法解释彼此的差距，这种能量究竟是什么，在哪里呢？

其实答案并不复杂，只要关注那些资深模特的眼神和表情就能感觉出来，挑逗和撩人还能是什么，一定是爱意，“问渠那得清如许？为有源头活水来”。正是心中鲜活的爱意驱动着生命引擎，从未停顿，一路前行。爱意是美好的情感，当丰富的阅历遇到美好的情感，生命便成为一种艺术。不老的秘诀不是壮阳配方或整容术，而是爱与被爱的自信和勇气，不是某种必须完成的肢体动作，而是面向大海春暖花开的浪漫心态。对比眼前这些风情万种的资深模特完全可以这样说，所有衰老都是自我放弃的结果，当你对异性，对生活，对祖国民族，对悲天悯人，都不再有反应时，老不老有区别吗？这跟年纪有关系吗？美好就是年轻，到死都美好就到死都年轻，这才是叮叮当当的生活逻辑，简单真实。

即便我们明日远行，今天也要热泪盈眶。

何谓“美国主流社会”

移民美国往往会碰到“主流社会”四个字，都以“打入美国主流社会”为成功的标志。每见报道，必有“怎么怎么努力奋斗，打入美国主流社会”字样，让我从心底充满敬意和惶恐。哎呀，人家都打入主流社会了，打入主流社会什么滋味？虽然心生羡慕却反倒更加茫然，是啊，何谓“美国主流社会”呢？

刚到美国读书时，觉得老生们已进入主流社会，他们能用英语与教授神侃，美国人笑他也笑，美国人问他有答。更有甚者，还能泡美国妞儿！我有个同学其貌不扬，还大秃瓢儿，嘿，愣泡上一洋妞儿，牵着人家小手儿满校园溜达。我嫉妒死了，奶奶的，这不进入主流社会了吗，洋妞儿不是主流社会吗？不行，我得进入主流社会。可后来发现这个不算，因为难度有限。牵人家小手儿不等于你泡人家，即便上床也可能是人家睡你，没什么光荣的。看来这个不行，主流也是主下流，不主上流。何谓“主流”呢？

后来我又发现，毕业找到工作拿到绿卡的同学是进入了主流。你想啊，人家不仅在美国大学拿到学位，还被美国职场认同，愣发他工资，给他买医疗保险。那个大秃瓢儿找到工作后，开着辆簇新的丰田轿车回学校看我们，嚯，那时留学生谁买得起新车？不光如此，他说还在纽约的森林小丘买了套合作公寓，森林小丘吗地界儿？高尚社区耶，这绝对进入主流了，美国职场，有房有车，不主流吗？

几年后我蓦然回首，才发现大秃瓢儿拥有的我亦拥有。而且咱不开丰田，直接就全新大奔四驱。买到新车我一猛子开到长岛的海滩上，在沙滩上驰骋，溅起的海水，实打实的大西洋海水哟，湛蓝湛蓝，音乐喷泉般在我身后追随，我立马明白了，开奔驰才是主流社会，咱已主流了。没想到若干时日后华人社区聚会，抬眼一望，是人就开豪车，经过我身边还一脚刹车：“九哥，该换车了，现在流行宝马，与时俱进啊九哥。”

气得我哟！

那到底何谓“主流”呢？在美国住得越久这个问题就越糊涂起来。进入政府，混到主任副主任，还有助理局长管你，他明明胡说八道你也得听着。进入华尔街，名片儿上印着副总，可除了受累，早来晚走，才发现很多 IPO 都靠暗盘交易，一张张无形的人际网络纵横于市场之上。纽约法拉盛的公共停车场，尽管大多数民众反对，依然被一个个卖给从未听说过的狗屁开发商，搞得华人社区拥挤脏乱，越来越像马尼拉，谁又是决策者？连总统大选，得票多的愣干不过得票少的，究竟谁说了算呢？按理讲咱也是主任副总了，不能说不努力吧，人生有几次主任副总？为何还怀有刻骨铭心的蝼蚁感呢？

日子久了见得多了才整明白，即便真有所谓“主流社会”，那必是一种神龙见首不见尾的“暗物质”，一套“天龙八部”的潜规则，它属于盘根错节的政治势力，就像层叠的赌局，风险大于机遇，不是谁想玩就玩得了的。那几乎是一种宿命，需要日积月累的欲望投入。它更像一架巨大绞肉机，永远期待着不怕死的“牺牲品”，来润滑每一寸利益齿轮的运行。那是一种远离良知和底线的生活方式，它属于某些人，不属于所有人。

在我看来，与其追求所谓“主流社会”，不如追求简单轻松的生活方式更实惠。不是任何地方都具备“简单轻松”的条件。如果说典型，我以为美国的简单生活方式，比所谓“主流社会”典型得多。出自己的汗，吃自己的饭，享受亲情友情和大自然的慷慨赠予，你的个性与情感比金钱更起作用，不很好吗？还想怎么着啊你？当然，也会感到孤独，孤独到能听见空气掉在地上的声音。

孤独其实并不坏，能听见自己心的人往往是好人。

如厕与读诗

友人索我诗集，过后问其感受？云：“哎呀，我没时间读的啦，只好上厕所时随便翻翻的啦，还不错的啦，蛮感人的啦。”他一大堆的啦，搞得我索然无趣。啥叫上厕所时随便翻翻，阿拉的诗集凭啥上厕所时才读？我愤愤不平，侬晓得的，自己作品被人家轻慢的感觉老难过的，讲不出，像自家孩子被邻人抢白，老闷的。

我陷入沉思。每每抑郁我均呈沉思状。比如听到某位老同学突变大款，他原来非常一般化，寡言少语其貌不扬。啥人想到他来个于无声处听惊雷，一夕暴富，钞票多么多得嘞，我的个乖乖，上海朱家嘴的房子买下好几栋。于是我想不通啊，搞不懂我俩之间究竟有啥个区别，凭啥他能一夕暴富，阿拉却要辛苦度日？我陷入沉思。

再如，听到某位老友突然谢世，她年轻时美么美得嘞，乖乖里个咚，不骗侬，可记得伊丽莎白·泰勒年轻时的模样？一模一样，她长得就像个洋娃娃，好比啥个冰冰志玲漂亮得多，不好比。我那时最大的梦想就是跟她睡觉，人家是铁马冰河入梦来，我是伊丽莎白入梦来，可终归没搞定。听到她香消玉殒的消息，我抑郁，呈沉思状。

沉思状看上去老压抑的，其实未必。人类很多思想感觉的抽象升华，都是在沉思中完成的。不是有啥个《沉思录》吗？从古罗马皇帝到近代哲人，都喜欢搞《沉思录》，没有沉思就没有哲学艺术。当然，不是啥人的沉思都能产生哲学艺术，我的恐怕就很难说。即便如此我还是从沉思中获取不少珍贵感受。比如讲，友人既然提到上厕所读诗，我便模仿他，也拿本诗集进厕所间。我女儿不久前刚好向我推荐了她的老师，也是美国当代著名诗人戴维·佛瑞（David Ferry）的诗集，对不起了戴诗人，我就拿侬的诗如厕，请勿介意。

哦天哪，不做不知道，一做吓一跳，这才发现在厕所间沉思非常奇妙。如厕时分是最隐私的时刻，一泡屎顷刻将我隔绝于世外，比火箭升空还方便。当年陶公做梦都在寻找世外桃源，“山有小口，仿佛若有光，便舍船从口入。初极狭，才通人……”听上去他是老欠力的，好容易找到又丢失掉，哈七八哒，莫啥意思，难怪后人戏他，“陶令不知何处去，桃花源里可耕田”，侬的世外桃源在啥个地方？拿出来看看好不啦？而此时此刻我竟觉淌来之妙，终于感悟到，阿拉的世外桃源就在厕所里厢，就在如厕时分，门外有人怕啥啦，他敢进来吗？男人进不来，女人不敢进，没人就是世外桃源，清静就是世外桃源，如厕就是最没人最清静的所在，这不是世外桃源啥个是呢？

于是我便自由了，最隐私时最自由。这自由不是随便杀人放火，是情感进入毫无约束的空间，自由的本质是情感自由，因为道德宗教的束缚根本上是对情感的束缚。人们只有在自由的情感状态下，才能充分体尝人性的美好，诗歌的美好，艺术的美好。难怪欧阳修在他的《归田录》中曾说道："平生惟好读书，坐则读经史，卧则读小说，上厕则阅小辞，盖未尝顷刻释卷也。"小辞耶，啥叫小辞侬晓得吧？乖乖，就是诗歌的啦！于是呢，我读着戴维·佛瑞的诗句，任心境随他的诗情升腾盘旋，让想象流水般浸入每一丝感受，就像偷偷把手蛇一般伸进女人的外衣、毛衣，直到内衣一样。我读过许多英文诗歌，此刻的感觉尤为细腻，我开始喜欢戴诗人了。

关于戴诗人可择章另述。现在阿拉讲的还是那位"的啦"友人。当初还觉得他不够意思，阿拉给侬诗集，侬却将我的诗集与厕所相提并论，啥意思啦，侬搞得好吧？所以我郁郁寡欢。而此时的感觉已大不相同，完完全全两桩事体。我用温柔的心情揣摩他如厕时读我诗集的情景，那一定是很具体很真切的，就像我读戴诗人一样。他会潜入自己的桃花源，在自由的情绪中，不仅能体尝诗歌的美妙，还不免陷入对作者心境的梳理。他会想象出很多浪漫荒唐的情节，他会听到韵律和节奏，享受音乐的初始之美，并且忠实地将私人感受与某些诗句交织在一道，唤醒记忆中最深最敏感的部分。这种感觉恰似洗温泉，尤其脱光了刚进入水中的一瞬，怎么讲呢，阿拉勿晓得怎么讲了。

我诚恳建议人们能在如厕时读诗。厕所间的确是读诗的好地方，可助人清气上升浊气下降，心境自由思绪飘逸，那正是诗歌的初衷。我们生活在无比世俗的年代，老多老多不堪启齿的人事在我们周边游走。这会让人麻木沮丧，甚至绝望，所以心里厢必须有块忠实于自己的洁净之地。诗歌可以帮侬做到，如厕读诗可以帮侬做到。

去试试看，阿拉绝对不骗侬。

也谈“河东狮吼”

“河东狮吼”意指暴烈女性，据说典自北宋词人苏东坡。他作诗戏弄好友陈慥惧内，其中有“忽闻河东狮子吼”句，后人便把女人发怒称为“河东狮吼”。我认为此说不实，苏东坡为何用狮吼，而非虎吼狼吼呢？狮子乃兽中之王，到头了。而男人看女人发怒就是到头的感觉，没处躲没处藏，上若寒热下如沥溺，正是这种心理作用导致对狮子的想象，非苏子瞻也。

或与家世相关，我对暴烈女性怀有悲剧情结。我有个大娘脾气火爆，她曾是县城的高中生，抗战时骑着自行车满街跑，宣传抗日。后来参军，随队伍坚壁清野。1943 年鬼子大扫荡，搞三光政策，男人们劝她进山躲一躲。她说，躲，国都亡了还往哪儿躲！于是跟着男人们钻青纱帐，端炮楼，抓鬼子小队长。有一次被鬼子追杀，他们拼命逃窜。跑着跑着大娘火了，抡起一捆手榴弹说，不跑了，老娘就在这儿跟鬼子拼了！结果等半天鬼子没来，原来山洪暴发漳河涨水了。

就这个暴烈女人，出生入死十几年，快胜利了，明明好日子就在眼前，却因上级对她丈夫工作分配不公，与当时的组织部部长吵了起来。据说部长正在吃饭，她一把掀翻桌子："吃，我叫你吃，我们在河东打鬼子，你在河西干啥呢，跳舞没？"后果不堪想象，她丈夫终身坎坷，她自己则永远停在建国初期的处长上。

还有我二姥娘，她先生是陆军上将，当年与顾祝同长官同窗，中原大战曾大败胡宗南于许昌五女店。没想到他这个太太暴烈得离谱。家里有个佣人偷东西出去变卖，二姥娘发现后火冒三丈，将他一顿暴打，手也折了腿也断了，人家怎咽得下这口气？于是勾结当地汉奸告她是抗日眷属，被日本宪兵将一家老小关进监狱，死的死伤的伤，家道由此中落。我小时见过这个老太太，小脚大嗓门，一说话哗啦哗啦响。我舅舅总唠叨："你姥娘这脾气，你姥娘这臭脾气……"

女人暴烈总让人有错位之感，如观世音长胡子，怎么都不对劲。按说动荡家世长大的孩子对女人有天然的依恋，不仅因为是女性，更因为是女人，一字之差体现了男人对母性的呼唤，对被女人温存的渴望。那是一种图腾，宁愿去死的情感崇拜。都说有奶便是娘，奶就是母性，我宁愿一辈子守护母性，所以我对女性的错位式暴烈比较敏感，女变男一定属地震前兆或世界末日。

我小学同学段小姐系段祺瑞嫡后，高挑个大眼睛楚楚动人，虽仅五年级，但已露出朦胧的女人味。我敢说那年她已经成熟，我见她上到一半课突然往外跑，手里攥一叠长型手纸。当时我很好奇，凭什么她用长的，我用方的？就这样一位美丽女性竟暴烈得让我每每想起心有余悸。右派子弟石山山无意间撞倒了少先队旗，段小姐发现后喷发式怒吼起来：“石山山你是故意的，你在队旗下怎么宣誓的！”她脖子通红，凶狠的眼神洒了一地，淹没了那个秋日黄昏和我对女性最初的慕恋。

后来方知，男女关系颇似赌局，输赢就看女人脾气，脾气好你是赢家，否则便是输家，且输多赢少，就跟去大西洋赌城一样，先让你赢几个小的，等你真的下家伙了，把身家性命都押上了，得，出水才看两脚泥，有一个算一个全傻眼。有位好友号称“百家乐赌神”，从来不输。他从台北来纽约看我，让我陪他去大西洋城。这小子两千一把往上押，我给他计时，俩钟头，六万输光，又从我卡上再拉一万，几分钟又输个精光。我觉得婚姻颇似大西洋城，女人便是赌盘上的庄家，只需俩钟头，淑女立马疯狂，哇啦哇啦，把你吓得失去性别，男人雄风都是被女人吓没的。

我有位大哥是我生活中的榜样，我常羡慕他有个好太太，模样好脾气好，样样都好。那天他神情黯淡突至我家，非要我陪他吃酒。酒过三巡他话多起来：“九弟，你觉得你嫂子如何？”“没话说，好！”“那大哥跟你说句实话，女人都差不多，关起门来别无二至，真应了那句粗话，哥儿俩比那个东西，一个样。大哥也考虑过中场换人，像裁判吹哨，嘟嘟嘟，二号上一号下，但最终发现没用，换十个也白搭。”

“这怎么办？”我替大哥焦急起来。

大哥一声长叹说：“人最怕将心比心，你看你嫂子，虽然脾气有些过剩，但吃苦耐劳没有退缩过吧？”“没有。”“人家月月来例假，咱没有吧？”“没有。”“人家怀孕上班，直到临产前三小时才进产房，还剖腹产，与死神擦肩而过，咱没有吧？”“没有。”“冬天棉夏天单，我两个孩子咱没操心过吧？”“没有。”“人家没养私孩子吧？”“没有。”“人家没往娘家藏钱吧？”“没有。”“那咱还嘚瑟啥？家庭就是两人共享痛苦快乐之地，关键是‘共享’二字，这就是乐趣，互相担待互相扶持，我跟你说，没脾气的女人肯定也没啥性欲，不吵架的家庭肯定也没啥乐趣，热热闹闹吵吵叫叫多刺激荷尔蒙呀，生活就是这样，女人其实比男人更不容易，你看国家地理频道播放的动物生活，雌三文鱼产卵要溯行千里以死相拼，情何以堪哪。还有，母狮子发火时，公狮子就得听着，不能说话，这都是本性使然。男人爱女人头一条就得学会忍耐，学会宽容。”

哇，没想到大哥也提到狮子。大哥说的那些镜头我记忆犹新，母狮子怒吼时公狮子的确不吭声，乖乖的，甚至母的咬它都不还嘴。难怪人们爱用“河东狮吼”形容女性发怒，原来暗含一层深意，就是告诫男人要学公狮子的榜样，不能吭声，即便挨两巴掌也别还手，这才是“河东狮吼”的真正寓意。

大哥一番感慨，还有国家地理频道里的那些镜头，让我恍然大悟。我突然意识到，如究其本性，男人应该容忍女人发火。男人对女人的宽容并非软弱，而恰恰体现了男人的雄性本质。如果男人也跟着发火，以牙还牙或长吁短叹斤斤计较，那才是对自身性别的漠视，对雄性本质的错位。想想大哥的肺腑之言，想想三文鱼，想想女人毕生的压力与痛楚，发发火有啥了不起嘛，女人都有口无心，又不当真喽。不过话说回来，河东狮吼也有前提，女人必须有做三文鱼的心，发火才能被理解。如果除了来例假其他都没有，只一味任性，也别怪男人不容忍你，当女人不像女人时，男人肯定也不像男人。

自此我对“河东狮吼”有了全新认知，不再一概而论将女人发火统统看成是缺点。还是以平常心待之，世界就这么造的，公狮子可忍，咱凭啥不可忍，咱不比公狮子强吗？我时常回味国家地理里的那些镜头，把自己想成非洲草原的雄狮，雄狮只有对外才发威，对内应像个孩子，家长批评你还敢顶嘴吗，揍扁你。

我大哥你们未必认识，但国家地理频道人尽可观。我诚恳建议你们无论男女都去看看，认真品味。除了狮子、三文鱼，还有猴子、猩猩、鸟类，差不太多，都一样，都一样啦。

“井底之蛙”责任在井

井底之蛙是句家喻户晓的成语，典自《庄子》。大概是这样，一眼井里的青蛙对海中之鳖说：“哥哥，看我这地界了吗，普天之下皆为我土，高兴可以上蹿，郁闷可以下跳，所有喘气儿的都是我跟班儿，都听我的！”海鳖听罢叹口气说：“老弟弟呀，知道吗叫海吗？吗叫海？好嘛，这不打镲吗，海都不知道你还活吗劲？千里远不过海，百丈深不过海，甭管天下是旱是涝，大海永远碧波荡漾，海参、鲍翅、老醋蛰头，还有鱼美人，要吗有吗，吃吗吗香。”“还有，美人儿？”“有，有个叫天鹅的，绝色美女，演过吗来着，吗月传，吗琊榜，她现在是我们领导，特有范儿。”

青蛙沉默了，泡天鹅吗感觉？

后来人们经常用这个成语，来形容没见过世面却要小聪明的人。小时候跟同学贪玩儿错过考试。老师审我我还编瞎话：“给我老舅拿药，心绞痛，一着急把考试给忘了，我们补考行吗？”老师说：“没问题，太行了，你们分开坐，每人把个墙角，别说话，各人写各人的，考题是，去哪家药房拿的药？还跟我来这套，井底之蛙，见过吗呀你，你老舅都是我教的。”还有今年回国头一次尝试高铁，心说有吗，美国也有快速列车，时速 180 公里，你再快能快过飞机吗？结果一试方知，原来飞机分天上地下两种，中国高铁就是地上的飞机，我又当了回井底之蛙。

很显然，千百年来井底之蛙不像句好话，重点在蛙，用蛙的狭窄比喻人的短见。我一直也这么想，可现在流行反思，吗事都得反着琢磨，一反思我又觉得青蛙挺无辜，人家没招谁没惹谁却横遭耻笑，海鳖大老远跑井边来看它，说明青蛙人缘儿好。就算它想泡天鹅女士，有理想是好事啊，凭吗管人家叫癞蛤蟆，太损了。即便它说过“天有井大”，这有吗，能赖青蛙吗？谁从井底下往上看天都井大，有错吗？那是井口太小的缘故，要赖该赖井才对，怪人家青蛙干吗？

换句话说，与其用井底之蛙形容人的短见，不如说该成语倒反衬出一种认知方式甚至生存规律。空间环境不仅决定人们的视野胸怀，以及对自身的评价，也制约着生活方式本身。井得水而蛙，与其说凡有水井处必有柳词，不如说凡有水井处必有青蛙更真实。井大则蛙众，井小则蛙孤，《庄子》所指的那只井蛙肯定守的是一眼小井，井小才容易当老大。这正像人类社会，井是蛙的生存方式，而江湖是人类的生存方式，只要凑一块儿，没江湖也要生出江湖来，否则无法生存。上联如果是“一处水井一处蛙”，下联必对“一方江湖一方人”。人类生存之所以需要边界，因为要建立秩序，井蛙如若真听信海鳖的忽悠回归了大海，或许能吃上天鹅肉，但也不排除被大鱼吃掉的可能。孤独，孤独，一孤就独，与主体分离过久就容易自成体系，此乃本性使然。让井蛙开眼界绝不能指望它去看海，而应让海水涨潮漫过水井，水井没了，井底之蛙自然也就开阔了，这才是江湖之道。

常言道人人都有局限性，不是不想开阔，根本上说是不愿开阔。生存的安全感来源于斯，关起门来自吹自擂的脸面来源于斯，谁不知道开阔往往是以否定自身为代价的，凭吗呢，就青蛙吧，我是青蛙我怕谁啊。

语言在语言之上

语言就是语言，何以之上呢？只需稍稍提醒就能明白这句话的逻辑。生活中有没有“语言在语言之下”的情景？肯定有。被审讯的时候，犯事进去了，言多语失，能说十个字不说十一个，希望意思在文字“之下”，能掩饰些什么，这就是“之下”的感觉。语言可以在语言之下，当然也能在语言之上。

语言基本上有两种，一是口头语言，就是说话。还有书写语言。这是交流的基本工具。但说到写作，这些基本方式能达到文学效果吗？显然不够。我们连写封情书都要抖机灵，把全部才华，引经据典尽量表达出来。这里有个因素无法绕过，像幽灵一样在语言里面徘徊，左右着语言的形式与张力，那就是情感。语言有了情感，当语言表达情感时，它就活了，有生命了，天马行空没边界了。这时的语言是扩展的，不是抱成一团而是向外挥发，它一扩张，就可能跑到语言之上。我认为文学应该，也必须以情感为皈依。不管写什么，无论散文诗歌还是小说，都应以情感为皈依。正如刘勰在《文心雕龙》中所言，“为情而造文”，古往今来都有类似的看法，如果一部文学作品不是这样的怕难称上品。有人认为文学应该以人性为皈依，以心灵为皈依，离开情感的表达，人性也好心灵也罢，都看不见摸不着。不管语言如何运用，离开情感文学就枯萎了。

于是有个问题，情感是私人问题，属隐私。当今社会隐私何等重要，谁能不要隐私呢？但对文学创作者来说，如果忠实于文学，最先具备的不是天分和才华，而是真诚与勇气，有没有触及隐私的勇气？作家的成功不全取决于才华，更取决于对文学的态度。很多人不缺才华，古今中外滔滔不绝，人名朝代时间地点，清清楚楚叹为观止，却未必能写出好作品。有个原因就是太爱惜羽毛，太在意文字中的自己，把面子放在文字之上，不能容忍文字影响自己的形象。而好作家恰恰把文学放在第一位，不惜在文字中直面自己来达到应有的境界。这是一种人生观，与文学的关系不大，很多文学的所谓成败跟文学一毛钱关系都没有，却影响着作家的创作。所以说文学追求者们应想好是不是真喜欢文学？这像双刃剑，造就着杰出也衬托着平庸。有些人一辈子不撞南墙不回头，不到黄河心不死，执着追求着文学上的成功，最终却通身演绎着无力回天的尴尬。我本人也有这种感慨，写作中缺乏勇气，觉得自己江郎才尽，很痛苦很沮丧。但写作都这样，在“生死回旋”中寻求文学生命的再生。文学需要新东西，新的冲动，新的情感，这是文学的魅力所在。

因此我们在聊语言时无法绕开情感话题。语言首先是表达情感的，所谓“语言在语言之上”，就是让情感充分地用各种办法通过语言表达出来感动读者。对文学创作而言，语言如果不在语言之上还写啥？说的是故事，故事讲完留给读者什么呢？不光是情节，而是思考，情感的冲击，这是最基本的。很多作家受过欧洲浪漫主义和现实主义的影响，像雨果、左拉、巴尔扎克、哈代、司汤达，还有托尔斯泰、屠格涅夫、契科夫等，这都是文学经典，光辉的范本。纽约百老汇天天演雨果的《悲惨世界》，那种情感的冲击，人性的思考，非常震撼。好作品一定会带来情感的享受、心灵的震动，这甚至比思想深刻还重要，文学的感觉是文明的基本形式，学会理解人的情感，怎样表达自己和接受别人，这是文学的一种功能，影响着人们的情感行为。要表达丰富立体的情感空间，语言必须是多样的、充分和广阔的，超过一般习惯，必须在表达中带出作者与故事的个性。

如何让语言丰富取决于个人经验，我认为观察尤为重要。我身上总带个本子，时刻记我观察的感觉，无论走路还是乘车，想起什么记下来，一个好句子好比喻，遇到某件事可能与另件事无关，但形式上有联系，触发我们举一反三的观察，也叫思想闪光，未必闪光，有些还很庸俗，但记下来再说，以此积累对事物的思考。这种观察稍纵即逝可遇不可求，不像银行存款插卡就出来，而是说没就没，几秒钟就消失了。如果不在这方面下点功夫负点责任，就很难积累起与众不同的表达。同时还会发现，观察越深入就越敏感，随着写作的深入观察的深入，人会变得越来越细腻，越来越敏锐，这是很自然的。对作家来讲应该感到欣慰。当你的脑子像一部超级雷达，别人领悟不到的你能领悟出来，触角变得越来越扩展，这是一种优势，是写出与他人不同文字的基础，好作家往往能在平俗的生活中写出伟大的文字。通过观察使自己丰富，语言的丰富、情节的丰富、风格的丰富，一切文学的丰富来源于心灵的丰富，离开心灵的丰富其他都不必谈。

此外阅读也很重要。写作与阅读分不开，作家的大量时间是在阅读，起码我本人是这样。除文学著作外，我读大量历史和杂书，不断重复，有些书翻来覆去地读。读这些书是为了追求视野的宽阔与纵深感。故事不能只一个点，要有前身后世，从哪来到哪去，它不过是中间一段而已。这很重要，故事的历史位置是文学价值的一种体现，源于作者的历史感悟。这不单纯是知识问题、记忆问题，知识和记忆不等于文学，只有经过思考和创作中的运用才能温故知新。语言离开观察和阅读很难丰富，我的中篇小说集《挫指柔》里包含了五个故事，全是海外华人的生活。这些故事很具体，但阅读时你会感到历史在故事中穿行，像条船徐徐驶过。有个故事叫《水獭街轶事》，讲十九世纪末二十世纪初发生在纽约的华人移民生活，很多情节都有历史依据。当我们涉及的概念多了，细腻了，语言自然就丰富了，语言一丰富自然会跑到语言之上。丰富是一种扩张，表达再表达，没有限界的表达，追求这种表达，语言自然会丰富独特。

语言除了丰富之外还要美好，写作不应离开这个原则。很多脍炙人口的作品，故事非常不错，很接地气，但语言过于粗糙难成佳品。历史地看，很多作品正因为语言不够讲究难上档次。我们总说《红楼梦》好，《金瓶梅》也不错，除历史意义外，其共同特点就是语言讲究，无论是方言的运用，还是节奏感，都非常细腻，体现出文字的华丽与优雅。语言的美好有没有标准呢？美是主观的，你看着美别人可能看着不美。但对文学来说有一点是公认的，就是语言的诗意，这是出好作品的秘密武器。语言的诗意是一种审美，中文特有的审美，根植于华夏悠远的文明，其结晶便是唐诗宋词，只要用中文写作，这一关就绝对不能回避。我的床头永远放一本宋词，是读烂的书，无论写什么都在文字中追求宋词的节奏感，那种韵味，让我受益无穷。比如我在《老史与海》中的这段文字：

“每年八月中下旬是飓风肆虐的时刻。这时的海洋，骚动不安热血澎湃，在加勒比海和墨西哥湾上空形成的热带风暴，胁云劫雾以两百公里的时速，伴大量雨水，与其说哭嚎不如说亢奋，如期而至。……人们爱说天人合一，格局太小了，一听就是陆地语言，在海上生活过的人绝不会说这种话，能够与天合一的唯有海洋，天只有与海狂欢才能高潮迭起淋漓尽致。……中国牛郎织女的故事发生在每年七夕，恰恰是公历的八月中下旬。在同一时间段里，东方在银河中陷溺，西方在海洋上交媾，东方想上天，西方欲下海，这是何等奇妙的巧合啊。”

如果把这些话一句句写，几乎就是诗。我们写作时，虽然不写诗但一定要有诗意。诗意怎么来？靠日积月累。对我个人而言唐诗宋词赋予了我诗意。想到“今宵酒醒何处，杨柳岸、晓风残月”，可以体尝伤别的意境。还有“少年听雨歌楼上，红烛昏罗帐”，谁没荒唐过？“红烛昏罗帐”，一红一昏女人出来了。光红行吗？不行，力度不够。光昏呢？也不行，硬来不浪漫，红烛昏罗帐才有诗意。“壮年听雨客舟中，江阔云低、断雁叫西风”，我在纽约步入中年，真是江阔云低，哈德逊河江阔云低，江一阔撑不住天，天掉下来，所以江阔云低，很压抑很伤感。文字运用中如果缺乏诗歌的基础等于缺了一维空间，一个巨大空间坐标从零被砍掉了，非常可惜。

诗歌带给我们的不光是美好词句或引经据典，一句都不引用，仍可以让读者感到诗意。为什么？因为唐诗宋词中的韵味和节奏感，那些与声音相关的元素。中文的节奏，平仄的规律，是中文独特的优势。中文讲究四声，四声把音差拉出来，每个音之间的差距就是情感对比，有差距才有情感的起伏。凡听过河北梆子、山西梆子的都会发现，这种戏是靠音差起伏来宣泄情感的，梆子是四声的一种夸张，声音在声音之上了。所以说中文的节奏感，在读唐诗宋词时一定要领悟出来。如果读陈九的文字时觉得通畅，功劳归宋词，归中文的节奏感，写每个句子，上句下句，我甚至会算字的，以达到韵律的均衡。因为读者不光用眼睛看，也在心里默默念诵，他需要喘息，需要有节奏。好文字不能只表达意思，还要照顾读者念诵的感觉。我写作时就考虑读者什么地方念累了，该喘气了，就停一下，句子就短些。什么时候读者不想停，要冲击高潮，句子就长一些，甚至逗号句号都不要，就为让他酣畅淋漓欲罢不能，因为他已经兴奋了，不能停，停了他会骂我！这样的文字还不在文字之上吗？都跑到人家心里去了，都变成声音了，不在文字之上吗？一定要对文字敏感到这种程度，对文字的节奏感，对文字的平仄规律，心里要有本账。不必完全懂平仄理论，但要有音律感，模糊的感觉都比没有强。比如我的《跟尼摩船长出海》，这个故事很紧凑，写到一定程度我会留下空间让读者喘息。要揣摩这种规律，像电影一样，写作不光是写，语言不光是文字，而是视觉氛围，所以才叫“语言之上”。

比如这句话，“黄昏的海面笔直又舒缓地横陈在我面前，恣意潇洒”。按说第一句“横陈在我面前”就可以结束了，为何要加“恣意挥洒”四个字呢？没这四个字，你看到的只是文字，黄昏的海面横陈在你面前。而一出现“恣意挥洒”，你立刻就看到海的画面了，有动感了，看到海面在那里起伏了。这就是区别。

接下来，“浓烈的落日被海水放大得铺天盖地，像万花筒，也像哭泣一样令人动容。我的目光，被一个虚拟的终极目标牵引，伸向远方。这是长岛湾一年中最妩媚的时刻，只有收获的季节，成熟的季节，海水才如此丰盈多情。仿佛女人，只有收获季节的女人，成熟欲滴的女人才真正懂得温柔。海风很凉了，它把遥远的汽笛声轻轻推向我的脸庞。”推向我的脸庞？为什么不用飘啊，吹啊？飘和吹有压力吗？没有。推呢？有个人推你一把，什么感觉？有压力，对吧？有压力和没压力在这个地方什么区别？没有压力是文字，有压力是画面。不是吗？语言在语言之上了吧！

上面引用的这些句子，能感觉出它们的节奏吗？一波波像潮水般倾吐，有明显的韵味节奏，完全考虑到读者在读这一段时的感受，情感抒发的需要，给读者一个机会，让他读到这里歇口气，把心里的情感在此处停一下，反刍一下回味一下，哎呀，美！这他才享受，才爱读你的东西，读你的东西停不下来，不嫌累，为什么不嫌累？气口，气口把握得好，气口就是节奏。反过来说，没有节奏感的语言没法看，累死人。给杂志投稿，为什么编辑爱看你的作品？前三行，编辑一看有气口，气口对上了，肯定接着读。

还要注意方言的运用。每个人都是具体的人，每篇小说都是具体的小说，小说没有抽象的。什么叫具体？是来自生动的生活。比如人物，谁没故乡啊？彼此见面都会问你是哪的人？我是天津人。人们马上想到的是什么？天津话。每个人来自具体的地方，一方水土一方人，一方水土是什么？很多因素，最直接的就是方言。所以说在人群里，方言是个性的体现，它的本质是个性。这两个字一定要重视，即便生活中你不愿表达个性，文学却必须坚守个性，离开个性文学就是零，什么都不是。如何体现个性呢？靠语言，其中一条捷径就是方言的运用。方言的运用有很多要素，最大的原则就是适度，方言的运用一定要适度，防止方言的运用破坏文学的一般性，破坏阅读的流畅。比如《金瓶梅》，堪称方言运用的典范，非常适度，该用时用不该用时不用，恰到好处。上海作家金宇澄写了一本小说叫《繁花》，用上海方言，收放自如非常适度，也是成功的范例。

此外还应注意语言的音乐性，让读者能听见声音。我在写作中使用了许多歌词，为什么？不光取歌词之意，还借用它的声音。这个声音是隐含在里面的，不是明确的，但永远跟着歌词走，是歌词的一种属性。比如“一条大河波浪宽，风吹稻花香两岸”，看到这个文字肯定想起它的旋律。我用歌词来借这个声音，我用这个声音来表达某个情景的具体情感，语言是不是在语言之上了？

春风拂面，女人涅槃

我有点心绪不宁，不停思考着女人。窗外河岸刚刚还很枯燥，怎么突然就泛青了，莫非春天真快来了吗？要来就赶紧来吧，给我个约定好吗？让天地来一次轮回，来一次涅槃，像佛教的死而复生，春天就为死而复生才来，对呀，我突然想明白了，女人的成熟不正是一种死而复生，一种涅槃吗？

1

我始终以为自己是爱女人的，我是在母亲和姥姥身边长大的孩子，从小对女人有依恋之感。《红楼梦》里宝二爷说男人是泥做的，污浊的，而女人是水做的，一汪水哟，透明清澈的水哟。捧着这样一汪水，我心焉能不化。在女人问题上，我宁可与宝二爷相通，爱说啥说啥吧。

爱女人没错，可爱女人并不简单。

常言说，爱一个人首先要懂这个人。爱女人首先要懂女人。本来我觉得自己懂女人，当我走向女人，我能感到她们的情绪，爱面子，脆弱的自尊心，吵架要说最后一句，和好得你去求她，不能当她面夸你妈，必须在别人面前说她好，说跳河第一个救她，真假都必须这么说，反正又没人真跳。还有下班尽量回家，回不来也要编个正当理由，有的事打死不能说，反正随机应变就对了啦。

直到昨天，我突然觉得自己肤浅，我觉得宝二爷也很肤浅。女人何止一汪水哟，那是一口深潭，桃花潭水深千尺，不淹天不淹地，却能淹没男人。她们了解我们远胜于我们了解她们，只不过她们不像宝二爷那么疯癫，她们不说，不能说，不敢说。涅槃是安静的，凡刻骨铭心都是安静的。

是这样，昨天我陪太太做切片检查，阴错阳差去了一家妇科手术中心。在纽约，医生看病和手术是分开的，有做手术的专门机构。在这里医生只做手术，比如我去的这家就专做妇科手术。开始我未留意，没意识到手术中心与诊所的区别。医生诊所是一个医生看病，病人再多也有限。而手术中心是很多妇科医生都集中在这里做手术，病人集中，数量极大增加。我们比约定时间早到半小时，候诊室已坐满人，好容易为太太找到一个空位，我只得站在走廊上。

别人坐着我站着，坐着矮站着高，可以俯视。而俯视是一种概括，容易产生总结性情怀。我渐渐感觉异样，突然意识到这是一处我从未到过的陌生之地。我面对的是一群毫无隐私的女人。没隐私就是赤裸，比肉体赤裸严重一百倍，后者可以提起裤子不认账。但此刻，这些女人非常无奈，女人没有隐私是可怕的，女人不再神秘是悲哀的，世界完全变了样，我甚至后悔来这里，为什么允许男人进这种地方？

2

我面前坐着三十几名女性，其中仅两名为中年，一个是我太太，另一位是个洋女人，其余均在四十岁以内，最年轻的简直像个中学生，满脸稚气，一边玩儿手机，一边与身边的男孩儿嬉笑。她看上去算是最幸福的一个，不谙世事往往是一种幸福，其余大都沉默，眼幕低垂，即便你用挑逗的目光盯着她也白搭。目光是语言，按说有问有答，可她们不答，心中有事的女人顾不上打情骂俏。她们大多孤身一人，没有男人陪伴。在这个时刻，女人孤独让我有莫名的疑惑和悲伤。

怎么会这样？

我听到护士在问："几个月了？"凡轮到的年轻女性几乎毫无例外问这个问题。而到我太太则不同，而改问："早上吃过东西吗？”如果护士也问我太太同样问题，估计会被啐一脸，就像我曾在公车上给一位大腹便便的妇人让座，却踩到另一位先生的脚。他愠怒，我急忙解释说：“没见她怀孕了吗？”哦，天哪，不得了，那妇人把我骂到臭头：“我怎么怀孕了，我先生死了二十多年我怎么就怀孕了，你说清楚，有六十岁怀孕的吗？”这是段稍带滑稽的经历，可此刻我笑不出来。

这些女人的着装都婷婷袅袅。如果不在这里，而是楼下马路上，她们必是趾高气扬的。而此刻她们完全变了形，恭卑得像罪犯一样，用最低的嗓音回答护士的问题。护士偶尔会再问一遍，几个月了？她们只好很不情愿地重复一次。我知道那是在说孩子，她们肚子里的孩子，这些女人大都是做人工流产的。我紧张得开始窒息，俗话说“河里没鱼市上看”，别看河里看不到鱼，一到市场上全都是。别看人间看不出谁做人流，此地个个都是。当你面对黑压压的漂亮女人等待做人工流产，我的心真要碎了，女人在我心中的神圣感泡沫般幻灭，美丽的人儿啊，你们背地里都干了些什么？

这样说并不过分，关键是没人陪。此刻候诊室里除我之外看不到几位男士，我不相信这个时刻孩子的父亲可以不在配偶身边。我的理解是，流产绝非仅仅去掉一包血肉，绝不这么简单，那是一份物化的情感，一段深情岁月，是女人以命相抵的期盼，是她们的一份指望和寄托，她能让一个男人把身体的一部分留在自己身体中，萌芽成长，说明她要与他厮守，不要离开他，要跟他一起养育这个生命。而现在却要流产，归零这个小生命，你能除掉这个生命，你能抹去这段岁月，这份记忆吗？就算因身体原因、经济原因，孩子来得不是时候，可这毕竟是两个人的结晶，那个男人呢？他在哪？他为什么不在你的身边陪你？做的时候人在，现在怎么人就没了？

3

这是段挥之不去的记忆，那些女人毫无笑容的面孔在我脑海中浮荡。不是我自作多情，我当然无法断定这些孤独身影必定意味着痛楚人生。但此刻的感受比逻辑强大百倍，不同的身影仿佛诉说着相似的故事，一次冷却的热望，一段扑空的情感投入，她们仿佛掉进陷阱，正试图爬起来重新开始。这种震撼感只有当你面对她们时才能体会到。

令人难忘的是她们做完手术走出来的情景，疼痛把美女变成魔鬼，满脸的泪水，苍白的面庞，凌乱的长发，捂住肚子的手在微微颤抖，弓着的腰像老太婆。无论从逻辑还是情理上讲，这时都应该有双强壮的手臂接住她们，有个宽大胸怀拥抱她们，让她们的肉体痛苦不至升华到精神层面，而在半道上就落入男人的疼爱之中，化成灰烬，消失得无影无踪，甚至变成幸福的新起点。

但没有啊，没有那双男性的手臂啊，男人都死绝了吗？你们都躲到哪去了？你们好无耻呀！在她们的肉体上驰骋时你想过今天吗？在一泻千里的高潮中你想过今天吗？只要孩子是你的，无论你跟她什么关系，这时都该陪伴她，为什么让她独自承受这一切，为什么呀你？

最让我震动的是她们的眼神。肉体痛苦的眼神是显而易见的，像脸盆里的水，一下就看到底。而此时不同，那种眼神埋藏在眼神之后，是眼神背后的眼神，深不可测。有个女人出门时险些摔倒，我试图扶她但被拒绝了，她没领我的情，看都没看我一眼，我能觉出她眼里的轻蔑，不是对我的，因为我们并不认识，而是对所有男人的。望着她蹒跚背影我竟有内疚之感，我是男人，我见证了这个男人让女人痛苦的时刻。

宝二爷说女人似水，那是大观园的处子们。从这所妇科手术中心走出的女人，会似水吗？女人只有被疼爱，被无尽地疼爱，才能柔软似水，像水一样恣意流淌，尽情美丽。但孤独的流产不是疼爱，当肉体的痛苦遭遇孤独时，与制造这个痛苦的男人毫无分享时，这种痛苦就像种子被咽下了，然后在某个时刻，或者毕生，发芽成长，变成一种世界观，变成一种对待情感的态度，一种刻骨铭心的自我保护机制，而深深嵌入女人心怀，持有这样秘密的女子，会似水吗？

女人，就是这样走向成熟。她们曾痛苦得死去，心灵的死去，再熬过无处诉说，无人分享的孤独承受，让死去的灵魂重新复活。这就是女人涅槃，从肉体到精神的脱胎换骨，死而复生。以往单纯的女孩随风而逝，蜕去少女的躯壳，化作一名真正的，从生理到心理都冷静丰盈的女人。真正的女人在心灵深处都有难以启齿的隐痛，她们不光似水，比水沉重，比水敏感，也比水坚毅，只是不让别人看出来罢了。

春风拂面，女人涅槃，涅槃就是悟透男人重塑自己。无论严冬中如何死去，春天来临时，都会将你拼零为整，死而复生，经过涅槃的生命因丰富而美丽，充满力度，真正属于自己属于未来，这才是春天对女人的根本约定。窗外的河岸已经泛青，每个春天都是新的开始新的成长。当我再次蓦然回首把目光投向女人时，即便再看着面熟，那种含蓄与深情，还有无尽的想象与悬念，都绝对是全新的了。

Wild Grass Grows Wildly

有种尴尬叫归乡

Part 7

从年少到年老，从异乡到故乡，仿佛一位自认为熟悉却从未谋面的朋友，一旦真出现在你面前，除了感受，还能做什么呢？

感受巴黎

巴黎对我来说，是《悲惨世界》《巴黎圣母院》、左拉、巴尔扎克、马克思的《法兰西内战》，还有巴黎公社、凯旋门、拿破仑、萨特、毕加索……我们这代人，启蒙教育里含有太多的“巴黎因素”，躲也躲不掉。可一旦走近她才发现，我只能感受，而无力真正地评论巴黎。感受是白日梦，不图逼真只求挥泻，像大哭大笑的孩子，来得快去得也快。

飞机降落戴高乐机场时，巴黎下着小雨。“戴高乐”三个字并不陌生，小时候在报上常见到这个名字，那时我曾疑惑，“戴高乐”，戴高帽子就乐，人家戴高帽子是游街示众，他怎么还乐？后来才晓得他在二战中领导了自由法国运动，战后创建第五共和国并退出北约，是法国历史上承前启后的伟大政治家。

然而以他命名的这座机场却乏善可陈，一是小，比纽约肯尼迪机场小很多。二是旧，破损的地毯险些将我绊倒。戴高乐在法国的历史地位并不逊于肯尼迪在美国的历史地位，但两个机场却把二人拉得很开。

巴黎虽说历史辉煌名人辈出，但百闻不如一见，乍到此地竟觉出她有些小家子气。与美国相比，巴黎的旅馆显得太简陋了，房间和卫生间小得让人想到拘留所，同是两百美元的标准，在纽约起码三星级，可在巴黎什么都不是，电视机挂在墙上，两张很一般的单人床，看来美国生活方式并非普世，巴黎在文化上算美国的长辈，物质也还丰富，但不能像美国人那样。我浏览了一家超市，货品繁多包装精美，价钱却太贵。一只草皮瓜三欧元，合五美金，一包饼干四欧元，连一瓶矿泉水也要两欧元。总的感觉是，在此地谋生看来不易。

清晨醒来，窗棂泛白。向外眺望，白云低垂多彩多姿，仿佛轻佻的富家子，惹你逗你，最后再离你而去，颇富撩人之意。我们初到异地的悬念顷刻消融，大家赶忙起床穿衣，稀里哗啦往外跑，到外面才发现连鞋带儿都没顾得上系。无论你是否感到尴尬，走进巴黎立刻觉得自己的品位不够，美国风格在这里显得简单粗糙了。面对巴黎你会突然大彻大悟，金钱无法代替一切，比如身世。

就说巴黎人的着装，连旅馆的维修工都穿得大方得体充满个性，街头的姑娘小伙子们更甭说了，有一个算一个，风度翩翩格调凸显。人家穿衣服，像是皮肤的延伸，不是穿上去而是长出来的，是身体一部分，你会觉得每个人都在通过衣着诉说自己。你此刻走进的并非一座城市，而是一个舞台，巴黎就是个大舞台，每个人都是演员，每个动作都是镜头，他们的服装是舞台的一部分，是导演精心设计的行头。他们上街不为办事，也不为呼吸新鲜空气，那都是假的，是剧情需要，就为参加这场演出，把角色演活演好。走在他们中间我强烈感觉到，时尚本质上是文化艺术，穿不好穿不对比不穿还坏，非得拿出当电影明星的热情才行，得帮你入戏演好角色才行，否则花多少钱也只算业余爱好，根本不是那么回事。

还有市景建筑。跟曼哈顿不同的是，如果说纽约是直线的，巴黎就是弧线的。除了那些较重要的大道，比如香榭丽舍大街，巴黎马路打弯的居多，路面也不宽阔，甚至让人联想到北京的胡同，进口望不见出口。一脚踏进去，总觉得有什么人什么事，在前面等你，让你的心怀柔软充盈。再加上光线，什么东西只要一弯，层次感就强，因为光在曲面的折射最丰富。夕阳西下，为何左拉小说中老爱用黄昏，他在《小酒店》中写妓女，夕阳衔山街灯耀眼，巴黎，这才是巴黎，巴黎是黄昏的组成部分，或者说黄昏是巴黎的组成部分，没有黄昏就没有巴黎，而没有巴黎黄昏也就没什么意思了，巴黎用街景把自己变成一幅油画一个古董，镶进黄昏里。

不仅如此，巴黎的建筑也都曲线玲珑。这里是巴洛克风格的重镇，所有欧洲浪漫时代的痕迹，甚至气味，都可从楼宇的身影上，泉水般流淌出来。每扇窗棂的造型，每栋门楣的轮廓，我相信当年的营造商也追求利润，弄不好还会偷工减料，但那个时代，浪漫典雅是道德底线，再怎样机巧也难以越逾。巴黎的每座建筑都挥洒着她作为欧洲心脏曾有过的自信与辉煌。

辉煌，千万别忽略这字，辉煌落在实处就是千好万好，不计成本，宁可挥霍也不凑合，用雕花的心对待艺术，用铸碑的情添砖加瓦，这与用生命追求理想完全是一回事，他们坚信世界上存在永恒。走过巴黎街头，你会觉得每条弧线都能将你带入巴尔扎克的《人间喜剧》，从你身边稍纵即逝的背影仿佛正是雨果笔下的芳汀或冉·阿让，历史在此无疑是连续的，丝毫不像北美大陆是在一片荒芜的归零地上粗糙的衔接，巴黎的建筑将这个城市定格在深厚华丽的层面，像被黄昏拉长的优雅倩影，看不大清又过目难忘。

那巴黎人呢？不说也罢，说来一声轻叹。与上面说的穿着时尚深具个性相对应的，是对外来者的矜持和淡漠。从巴黎人身上我发现一个规律，衣着越美的人越矜持，越不合群。从他们身边走过，你听不到美国牛仔粗犷的讪笑，连纽约客的嘻嘻哈哈都难得一见。巴黎人是谨慎敏感，孤芳自赏的，因此我怀疑，他们恐怕也是脆弱的。我借“有客从纽约来”的三分鲁莽，对迎面而过的青年说“蹦珠”，这大概是法文“你好”之意，可他们的回答往往是似有若无的一笑。我印象最深的是一次问路，助人指路是纽约人的强项，游客若问“苏荷区该怎么走？”纽约人恨不得带你去。巴黎不同，我向路人打听拉雪兹神父公墓，这是我此次巴黎之行的必到之处，巴尔扎克、比才、肖邦、王尔德，这何止是公墓，分明是一部欧洲艺术史。徜徉其间，你对公墓二字的理解将彻底颠覆，一切都丝绸般飘逸起来，此处没什么死人，没有，你大可不必用凭吊之心伤感徘徊，说到底这里不过是座旧式酒店，歇息着无数天才的灵魂，灿烂的艺术于静谧中此起彼落，热乎乎直抵心房。

就这样一处所在，绝对是巴黎的骄傲，我问了三次才得到答复。第一个表示不懂英语，第二个什么也没表示，第三个则说“在那边”，说完就走了。恰巧正是黄昏，我在公墓的甬道上轻轻踱过，诚惶诚恐，我从未料到会与历史如此贴近，吹弹可及。我告诉比才，《卡门》是我第一部能从头哼到尾的歌剧。我也对巴尔扎克说，《欧也妮·葛朗台》绝对经典，但我更喜欢《夏倍上校》。

这些话早就想说，现在居然能当着原作者的面娓娓道来，人生是何等奇妙。突然，我想到巴黎公社。尽管在狭义上它与艺术无关，但作为欧洲近代史上第一个市民自治政府，对后来人类历史发展具有的重大影响独一无二，至今尚未消散。1871 年那个春日，呼啦啦的巴黎街头，几百名公社社员最后被射杀的“公社社员墙”应该就在附近，既然来了怎能不看！可问张三不知李四不晓，巴黎公社，什么？公社巴黎，什么？那种审慎和冷漠尽管真诚，仍将我震撼得目瞪口呆，全世界尚未忘记，巴黎人却忘了，你们还遗忘些什么，我不愿多想。

残阳散落在一张枯燥的长椅上，一个乞丐模样的老人注视着我，我们四目相望感觉异样。他向我挥挥手，“跟我来。”“跟你？”“跟我来。”

我紧随他蹒跚的步伐，空气静得沙沙作响。在一段古铜色石墙下，几簇盛开的鲜花歌唱般摇曳。我抚摸着斑驳的石壁，听见自己的心跳咚咚激荡。我想哭泣，为遗忘哭泣。在遗忘面前，任何伟大和理想都只会瑟瑟发抖，当人们无法感受历史发生时刻的真实情感时，它已经被遗忘了。我转身向老人示意，看到的却是一抹渐渐消融的背影。

我不由想起法国作家罗曼·罗兰在《约翰·克利斯朵夫》的扉页上留下的一段话：“真正的英雄绝不是永没有卑下的情操，只是永不被卑下的情操所屈服罢了。”但愿法国人说的这句话能应验在法国人身上，我聆听着巴黎，我吹着巴黎的风。

应该说，巴黎数日匆忙且漫长，匆忙得不想睡觉，漫长得跨过一页页色彩斑斓的历史。

我承认，与理性相比情感是主观的，不准确的，同时也是深刻的，脱口而出的。正如前边所说，一旦走入巴黎才发现，我只能感受却无力评论，感受是白日梦，不图逼真只求挥泻，仿佛一位自认为熟悉却从未谋面的朋友，一旦真出现在你面前，除了感受，还能做什么呢？下次吧，我开始等待重返巴黎的时光，希望下次的巴黎行能让我说出比感受更多的条条框框来。这只是一种心愿，什么事只是心愿就未必可靠，因为我一直深觉熟悉的巴黎，此刻竟突感陌生了。

从什刹海穿越的童年

电视剧《什刹海》正在热播，惹我遐想。

那天朋友约我在灯市口碰面，让我快点过去。我迷信出租车比地铁快，便打车从西边往东边赶，刚进阜成门就堵死了。当然现在没阜成门了，叫阜成门桥，加个桥字意思很不同，有改朝换代的感觉。比如阜成门的城门，城门有门洞，通过时有过堂风，头顶有东西罩着。现在是立交桥，随便走无顶无天，结果怎么样，堵了吧，根本挪不动。把我急得一头汗，非让师傅开空调。司机怼我一句说：“明儿立冬了，要不窗户给您开条缝儿？”最后还是我朋友有办法，马上调整计划，改去北海后门荷花市场，让我赶紧下出租换公交，五分钟就到。

我下出租准备上公交，凭老印象感觉此地离北海后门不远，走路二十分钟应该差不多，要不干脆溜达过去？迟疑间，一个小伙子把一辆共享单车停在不远处，而且他没锁车！我望着他的背影消失在人海之中，心说你还回来吗？你要回来，我可以帮你守着这车，要不回来呢？

我可就打这车的主意了。诗人木心在《从前慢》中说，“从前的锁也好看，钥匙精美有样子，你锁了，人家就懂了”。他说的是你锁了我就懂了。那你要不锁呢？可不能赖我了吧？其实一到北京我就注意到这种共享单车，老想试试，初来乍到还没来得及下载租车软件，但现在机会来了岂容错过？我走近这辆小黄车，左顾右盼，根本就没人在意我。现在社会真进步了，都没人管闲事了，少一份压力多一份空间，空间就是自由，追求自由都是从少管闲事开始的。我先推两步，又推两步，接着骑上就跑，穿大街走小巷，绕过北大医院到皇城根，再一路向东过教场胡同，几分钟就到了荷花市场。小时候我住这附近，对这一带很熟。

居然我等他们！

我一边等朋友一边浏览周围景色。什刹海打造得真够意思，我小时候可没这么古典，这么现代，这么多商家字号茶楼酒肆，沿着海子呈环形包围圈，把这汪水堵得都显小了。荷花市场的牌楼过去没有，那时逢年过节才有集市，卖小吃的，卖蛐蛐罐儿的，卖字画的，耍把式的，我最喜欢一种皮条糖，五分钱一把，酸酸甜甜，能拉很长的丝，显摆给小伙伴看。

此刻的荷花市场只有荷花没有市场。正赶上夕阳无限，“最美不过夕阳红，温馨又从容”，一股深深的感动沁入心肺，让我五体投地。人一感动就想表达，正好荷花市场牌楼下有几个人在抽陀螺，自娱自乐。这是老北京的传统游戏，只见他们甩开鞭子拼命抽，啪啪作响。我小时候也玩过这个，是我的最爱之一，于是上前央求人家："兄弟兄弟，让我来来，我来来。"人家很厚道，顺手把鞭子递给我。这下我现了原形，甩开胳膊使劲抡，也啪啪作响，鞭子打在陀螺上，却响在童年的记忆里，我浑身发热呼哧带喘，五十肩愣差点痊愈。我正玩得起劲，只听有人问："这个，是九兄吧？"猛抬头才发现朋友们早到了，人家琢磨半天没敢认，千思万想没想到我在这抽陀螺呢，"你没病吧九兄？"问得我不知怎么回答。

从什刹海走起，我们一路漫步，且行且珍重，争先恐后说着话，回忆小时候在此经历的各种趣事。"九兄，知道这是哪儿吗？"我定睛细瞧心头一热："这不锣鼓巷吗，拐进去是蓑衣胡同，咱的幼儿园就在这条胡同啊。""没错，九兄可还记得小娟，听说她后来嫁到上海，再没消息，那时你俩关系不错哟。"最后这句没说完他自己也笑了，幼儿园小朋友什么错不错的，肯定谁也忘不掉谁，就像一块儿生下来的。

一走过锣鼓巷我就开始寻觅，搞得朋友们摸不着头脑，"九兄你找什么呢？"我喃喃自语："不对呀，锣鼓巷东边有个酱油厂啊，在哪儿来着？""你说那个酱油厂啊，都哪年的皇历了，早搬迁了，要么关了，好多厂子都关了，再说东城这边现在是古文化保护区，哪能开酱油厂啊，多味儿呀。""没错，我说的就那个味道，当时没吃没喝，闻着酱油味儿都馋，酱油厂旁边有两棵柿子树记得吗？”“记得，结的柿子都酱油味儿的，现在真没地方找酱油味儿的柿子了，一代人有一代人的故事。”

大伙溜溜达达，跨过剪子巷就快到铁一号了，当年段祺瑞的执政府，也是我们童年的家园。我想起二十世纪六十年代初的一个冬日，在铁一号门口拍电影《鄂尔多斯风暴》，男主角叫温锡莹，有印象吗？他们模棱两可，有知道也有不知道的，因为拍电影那天是个周末大清早，很多小孩儿还没睡醒呢。我之所以赶上是由于隔壁邻居潘叔叔是群众演员，演一个游行大学生，一大早就把我们几个孩子提溜起来看他们表演。为了犒劳我们，他还把游行演员用的小纸旗发给我们玩耍，嘱咐大家别到处乱跑，没想到还是出了点小状况。什么状况？也没什么大不了的，有个女演员内急，她抓住我问：“小孩哪有女厕？”我说：“我是男生，只知道男厕。”“男厕就男厕，你门口守着别叫人进来呀！”现在想想真是温馨有趣，她那条长长的辫子哟。

说话间经过一座拱形大门，门口有一铭牌：欧阳予倩故居。望着这块铭牌我脱口而出：“这不石山山家吗？”“对呀九兄，你还写过一篇《石山山》回忆他，必须进去瞧瞧呀。”这个院子与我住的铁一号一墙之隔，我在东他在西，我们走进这座不大的院落，石山山的影子扑面而来。他是我府学胡同小学同学，也是我童年好友之一。他个子高大，每次玩骑马打仗都是他驮我，我俩打遍天下无敌手，甚是酣畅。而且他还救过我一命，一个夏日晚上，我爬上他们院墙摘枣吃，那棵树的枣子呈草莓状，上宽下尖脆甜脆甜。没想到脚底一滑从树上掉下来，咚一声落进石山山的院子里。很快我就被许多人团团围住，他们先是指责我，说到激昂处竟要送我去派出所。我当然很害怕，派出所是关流氓无赖的地方，我怎么能去？就在这紧要关头，只见石山山拨云见日出现在我面前，他大吼一声“他是我同学”，攥起我的手向大门疾行，直到把我送到街灯耀眼的马路上，四周静谧。

后来我常去找石山山。这个院子有座西式建筑，入口处有砖石拱门，那就是欧阳予倩的故居，不过听大人说他身体不好，经常住在医院里。院子后面有一进小院，都是平房，石山山家住在后院。这个院子当年是文人荟萃之地，除了欧阳予倩，诗人光未然、剧作家曹禺也住在这里，还有郭沫若、田汉、老舍等文坛名宿经常来此聚会。

朋友们开玩笑说：“九兄啊，那天晚上扭送你去派出所的肯定就是这帮文豪吧？他们一进入角色停不下来。”听他们畅笑我却笑不起来，石山山后来突然转学了，至今没有下落，给我童年的记忆留下长长的遗憾。还有眼前的景象，原本庭院深深长着各式花木，现在却挤满了自建小房，把院子塞得快要爆起来，后面的小院还被隔出去了，得走另外的门。

哎呀，这种感觉太不好了，凸显古老文化与现代生活间的不协调。你可以衰老可以破旧，但不能庸俗到连往日荣耀都不在乎了。我们惶然挤过狭小的走道，缓缓向大门退去，向童年的记忆退去。只见有一群白鸽凌空飞起，急促的鸽哨匆匆掠过心际，像紧箍咒把我们定格在古都的黄昏里。

天津一日

上次回国到天津串亲戚，老朋友光海一见我就说，走，跟我去逛逛天津的花鸟鱼虫市场，让你开开眼。我没太认真，因为我对此一窍不通，他这么一说我那么一听就放下了。两天后的清晨约六七点钟，按我的习惯这仍属后半夜，光海就砰砰砰地敲我的门，把我从梦中唤醒。“起来起来，跟我走。”我没怪他，回国几个月都习惯了，人家找你就这样，没电话没约好，说来就来，热情和真诚容不得你说个不字。我突然感到美国的生活习惯，什么隐私啊，先打个电话呀，其实都因为心没到位所至。生活中如果常有人敲你的门找你缠你，不是挺温暖的吗。

光海开车带我穿过清早天津的街道，很多景象都是我熟悉的。卖煎饼果子的摊位，提草篮的妇女，流水般的自行车，把我拽进回忆。“还是这个样子”，我不禁感慨。光海点点头说：“天津啊，再过五百年也变不了，这是天津人的缺点，也是优点。你要想找老祖宗的玩意儿，全中国转遍了没找着，天津一定有。”“天津一定有”，我不觉品尝着这句话的含义。车子沿海河边的张自忠路一直向北，转来转去又穿过一个很大的门洞，光海开始找停车位。我这才注意到马路两旁一辆辆排满了车，人们像赶庙会一样向前流动。“到了吗？”我问道。“起码还得一里地。”光海故意把“一里地”说得特重，而且是普通话，透着严肃庄重。

马路两旁的人流把我们带向光海所说的花鸟鱼虫市场。这里是个大场子，有几个篮球场大。里面有铁皮钢筋焊接起来的一排排固定摊位，上面有棚子，既防雨又防晒。我止住脚步，心中暗自惊讶，怎么会有这么多人，这么这么多人，在一个我从未留意过的花鸟鱼虫主题上集结。光海一把拉住我说：“跟着我别走丢了。这地方丢了哥哥可没地儿找你。”我诚惶诚恐跟着他，摩肩接踵地走进场子。

进来才发现，这里是以花鸟鱼虫为主，兼有别样。卖光盘的，卖跌打损伤成药的，卖吃喝的，卖古玩的，吗都有。光海拉住我在一个很像卖粮食的摊位前停下来。“知道这是卖吗吗？”“小米？”“再看看。”“小米儿，没错。”我故意用天津话回答。

没等光海说话，卖东西的小伙子先搭茬儿了。他冲光海一笑：“大哥来了。”原来他们认识！“大哥，今儿怎么带来个棒槌？”他这句话我听懂了，天津人管傻帽叫棒槌，他的意思是说我是傻帽。光海哈哈大笑说：“这是我弟弟，刚从美国回来，在美国待傻了，你给他上一课。”小伙子一听不好意思起来，脸上挂满歉意。原来他卖的是一种混合鸟食，里面有小米儿，但不是粮食店卖的生小米儿，而是焙制过的半熟小米儿。除了小米之外还有荞麦籽儿、草籽儿，还有好多东西，我都记不住。最后一个我记住了，是抗生素。他指着一个小口袋说，这堆儿是专门治病的，里面有先锋霉素。他还说了这种食料可以喂什么鸟，什么画眉啊，黄眼儿啊，从没听说过这么多的鸟名字。

我不禁感到失落，为自己对此道毫无所知甚为迷惑。天津按说是我熟悉的城市，可我从未听说过有这么大的花鸟鱼虫市场，更不知这里竟翻涌着一个巨大的世界。我开始被动起来，紧紧跟在光海的后面徘徊。而他呢，看上去甚是潇洒自如，带着我就像带个孩子。

在一个好像是卖菜的摊位前他停住问我：“看看这是吗？”地上摆着一捆捆像野菜一样的植物，绿绿的秆儿和叶子，拖着个细长的根茎。这回我不敢胡说了，忙说不知道。“再看看。”“是荠菜？可要是荠菜也太老了。”光海说：“像荠菜可不是荠菜。”他接着问，“你说他卖的是秆儿呢还是根儿？”我看看秆儿比根儿长很多，就说卖的是秆儿。“不对，是根儿，因为根儿里有东西。”“有东西，什么东西？”说话间光海拿起一根像荠菜的草，在根部一个微微凸起的地方一掰，一个雪白的小肉虫子掉出来，在地上扭来扭去。“还是活的！”我惊叹道。对了，这是一种专门寄生在这种草根上的寄生虫，喂鸟最好。要想让鸟的毛发亮，就得喂这种虫儿。“每个根都有虫子吗？”我话音未落，卖东西的老太太喊起来：“您说吗？要有一根儿没虫儿介都归你。”“真的？”我挑来挑去，挑出一个根部较细没有任何凸凹的给她：“这个有吗？”老太太二话不说上去叭地一掰，一个虫子掉出来。

哎呀，真有！

我顿时如坠五里雾中。小米儿不是小米儿，荠菜不是荠菜，草根里竟然有虫子，我的好奇心由此被生动地点燃。我在一排卖鸟笼的摊位停住脚问道：“多少钱呀？”看摊儿的中年汉子瞅瞅我没吭声。我正疑惑，光海回头对我说：“你倒说说这只笼子值多少钱？”我想起美国的沃尔玛连锁店里卖的鸟笼子，大约是三四十美元一个，折合成人民币也就是三百多元左右，“四百块？”我试探着。光海和卖笼子的汉子都笑起来。

“吗玩儿？四百，您再加个零。”

“四千？这么个竹笼子要四千？”

光海望着我的惊讶，举起眼前的鸟笼子端详了一下说，你看看，这个笼子的每根料都是一根竹子，中间没节儿。我看了看，对，说得没错。光海又说：“你提提这个笼子，再提提那个小的。”我按他说的做，发现大的反比小的轻。“这就对了，知道为吗吗？重的用的是新竹子，处理得不好，水分大，所以重。这种笼子经过一个夏天就完了，根本用不住。而这个轻的用的是旧竹子，甚至可能是百年的旧竹。这种竹子永远不会变形，而且光滑凝重古香古色。再看上面的铜活，那个是用机器压的，这个是手工雕的，完全不是一回事。”“那这算最贵的吗？”光海笑笑，“早着哪，上万甚至更贵的笼子也有。要赶上个宫廷物件儿，说不好值多少钱。”

再往下走就到了纯粹卖鸟的地方。各式各样的鸟，大的小的红的黄的，让人目不暇接。当我感叹这些鸟的美丽颜色时，光海不以为然地摇摇头。人的头发可以染，鸟毛一样可以染。而且鸟毛长得慢，一时半会儿你还看不出来。“你是说这里有些鸟的颜色是染的？”“太是染的了！”光海又说普通话了，那个太字拉得很长，他的嘴都停了可声音还在响。他指着一只鸟悄声说：“这种鸟叫红脯，可惜是个假的，红得邪性。而且我还告诉你，越贵的鸟越可能是假的。”我看着这只鸟，死活看不出是染的，我实在不明白鸟儿怎么可以染色，“你染的时候它不挣扎吗？”“不挣扎，先下点安眠药让它睡了，醒了就染好了。”“那它不会一觉醒不过来吗？”“不会，”光海非常确定地说，“这事儿你干不了，我也干不了，但有人就能干。”

这时我发现一个摊位旁，很多人聚集着在看一对黄黄的小鸟。光海的脸色一下明亮起来，拉着我冲了上去。“你好好看看，看它们干吗呢？”我看到一只黄鸟在用嘴为另一只理毛，在它的背上啄来啄去。“好像是打架？”光海摇摇头说：“你看那只了吗？它背上长了癣，很痒，这只就帮它挠痒痒，无论白天黑夜。

得病的那只要一出声，算是呻吟吧，另一只马上就过来帮它。你看看，多仁义，能让人掉眼泪。”光海眼里的光芒上下浮动，让我诧异又感慨。我看着这对小鸟，真是跟光海说的一模一样。“这种鸟很贵吗？”“比较贵，因为很难人工孵化。我认识一个姓穆的回民，在宝坻区，只有他会孵。”光海说话时眼睛一直盯着笼子不放，看上去好像他也是一只鸟，完全明白笼子里的鸟在说什么干什么。我突然觉得人类驯养了那么多种动物，牛、马、猪、羊，还有狗，最初真是为了要使用它们吗？不，不对。人类祖先一定是首先发现他们可以和那些动物交流，发现他们与动物之间有相通之处，然后才驯养它们，就像光海和黄雀儿的关系一样。情感才真正是文明进化的源泉。

光海猛地回过头，梦中惊醒似地到处找我。我站在他身后不远处的一块空地上，初夏的斜阳像女人的指尖掠过我身上，让人有陷溺之感。我觉得我正在一个齐腰深的巨大无边的水池里浸泡，水温刚好，水光妩媚。水的浮力托举着我牵引着我，把我带向一个久别的远方。我走到光海身边，看他点烟抽烟，又点烟又抽烟。烟从他的嘴吸入，却好像盘旋在我的心里，一点儿都不呛。

“你看，鱼还没看呢，下次带你好好看看鱼。”

“好。下次你别那么早砸我门了。”

光海笑笑。“假洋鬼子！”没想到他突然冒出这么一句，这小子。

我的绍兴女司机

威兄说要在浙江绍兴的越秀外国语学院开个会，研究一下文学问题，尤其是海外华文文学，方兴未艾，该讨论讨论哟。“是吗？”我便答应了。绍兴我没去过，那里是王羲之、贺知章、陆游、秋瑾、鲁迅和周恩来的故里，此外还是西施故里、梁祝故里，远不止这些。这么多故里，绍兴早从简单的地名升华为中华文化一个标志性符号，提起这两个字便是一部沧桑的历史，一段云蒸霞蔚的传奇，一幅灿烂精美的诗词画卷，怎能不瞻仰瞻仰？何况“故里”之外还有一物，那就是绍兴老酒，世上千般酒，唯有绍兴出老酒，酒祖仪狄正是在这里初酿美酒献之于禹，让禹归俗，结束了半人半仙的神话故事，开启了中华文明有血有肉叮叮当当的鲜活历程。既如此，何不去尝尝“血脉”般浓稠的琼浆美酒，接接祖先元气呢？

于是直奔萧山机场。

走前我的心情有点郁闷，我大概是个容易郁闷的人。在北京游走的这段时间遇到各种朋友，他们对中美贸易纠纷下的经济形势大都持审慎态度，有人甚至警告说，如果再不怎样就会怎样，头头是道言之凿凿，听得我心情紧张，又找不出争辩的理由，因而郁闷。海外华人虽说心系祖国，但未必能看懂国内的道道。几十年改革开放的实践活动丰富而复杂，是任何所谓“普世”经验无法解释的。我们为此常感到力不从心，聊起国情提得起放不下，心情格外敏感，所见所闻恨不得一草一木都与国计民生相连，我正是怀着这样的心境走进浙江走进绍兴的。

步出萧山机场正是晴天，蓝天白云湿润温暖，让我情不自禁脱去外衣任轻风入怀，甚是惬意。难怪古人云“暖风熏得游人醉，只把杭州作汴州”，温暖和温情差不多，人在温情中的直接冲动就是想脱，一旦脱了，脱了的人是没有意志的，只好把杭州当作汴州，什么胡马窥江废池乔木，统统顾不上了。想到此我极力克制自己，冷静点九兄，莫忘忧患意识，别等到最危险的时刻才发出吼声，那恐怕就来不及了。话虽这么说，可一路从北方带来的心中郁闷，那些担忧，正像坚冰一样渐渐消融，化作门前流水，连身段似乎都柔软起来。我踮踮脚尖，如果“暖风”是圆舞曲，我何不随之起舞，那要是酒席呢？嗯，怎敌他晚来风急哦。

然而情况比我最初的感受丰富太多。萧山机场是离绍兴最近的机场，从这里有公交车去柯桥镇，据说再由柯桥打车五分钟便是越秀外国语学院。我牢记“穷家富路”的祖训，转一次车多一次变数，不如多花点钱直接打车去绍兴，一步到位，路上也好和司机做个伴，聊聊浙江的经济形势。令我意外的是，排队等出租，到我这辆却是个女司机，四十上下阳光饱满，望着她灿烂的面庞竟感到一丝自卑，人生难道可以这样爽朗的吗？我犹疑着跨上车，心说这下干了，与一枚熟透的果子聊什么国家大事啊，不风花雪月就不错，得得，干脆沉默吧。

车出萧山机场，眼前一幕让我瞠目结舌。在广阔平坦的大地上，十几台，是几十台上百台大型挖掘机和其他工程装备在阳光下正翩翩舞动，像森林一样甚为壮观。我被这景象一下镇住了，心中的郁闷一扫而光。如果暖风真是圆舞曲，随之起舞的绝非孱弱轻佻的躯体，而是这热气腾腾的工地。我激动不已，心怦怦跳，脸也一定涨得通红，情不自禁举起手机不停地拍照。我是铁道兵出身，虽然当年参加京广铁路抢险的大会战也非常壮观，但那是人海战术，从未见过这么多机械设备同时开工，简直要把地球掀个底儿朝天哪！可话又说回来，如果一名老铁道兵战士都为之震撼，那肯定也能入吉尼斯纪录了，吉尼斯纪录算什么，哪个国家有这样的魄力、财力、策划力、执行力，投入如此密集的工装设备，以难以比拟的生产率，从事这么广泛宏伟的建设活动呢？我激动得都想写诗了，啊，啊……

“这算什么呀。”

“你说什么？”

“前边有的是呢。”

“有的是？”

“地铁都通绍兴了。”

“通绍兴了？”

“正在修呢。”

女司机的话让我不免窘迫。刚才拍照时她就非常照顾我，我一举手机她就摇下车窗，甚至减慢车速，让我拍个够，那情形很像家长哄孩子，我要拍照，行行行拍照拍照，你开慢点，好好好慢点慢点，加上这句“这算什么”，搞得我真有些无地自容，合着自命不凡读万卷书行万里路的我，在一位绍兴女司机面前不过是没见过世面的雏儿，也太少见多怪了。果不其然，正像女司机所言，我们一路走来到处可见兴旺的建设场面，刚才是萧山机场的扩建项目，后来又遇到地铁延伸至绍兴的工程，建筑工地上的机器正发出轰鸣，伴着工人们的呼叫声，清脆嘹亮，传得很远很远。说来奇妙，登机前还郁闷呢，在那边跟谁聊天都一副深沉模样，是与不是模棱两可，听不懂说些什么，加上寒冷多雾冻手冻脚，关键是看不到这么火热的场面和人气，更没有阳光率真的女司机哦。现在变了，心情完全不同，人一兴奋就像孩子，面对看得见摸得着的成长与发展，谁还顾得上郁闷，顾得上衰老哟。

我们一路聊一路笑，有首歌叫《一路欢声一路歌》，真有点那个意思。转眼间车过柯桥，女司机说：“别小看柯桥，我就是柯桥人，这里是中国的轻纺中心，也是全国十大人均收入最高的区县之一，不得了呢！”听到这话我不以为然，马上提到当前中美贸易争端的严峻局面，美国进口关税已上涨数倍之多，你没听蓬佩奥今天又说，美国还要继续增税，加大对中国关税制裁的力度，面对这种情况，当地的经济形势肯定也受影响吧？

“谁是蓬佩奥，我认识吗？”

女司机的提问不卑不亢，让我为之一震。接着她说，经济什么时候都有好有坏，有赔钱的就有赚钱的，做生意都这样，关键是如何把握市场，生产的东西有没有人要，只要有人要总归会赚钱的。那没人要或要不起呢？那就生产别的呗，需要什么生产什么，生意人不该这样吗？她的语气没有惊慌更没有抱怨，就像谈论女人必须结婚生子，做媳妇做婆婆一样自然，听上去早把人间苦难都想到了，也准备好了，今生为此而来，任何成功与失败都改变不了祖先传下来的聪慧与坚韧。我心中陡然升起向她脱帽致敬的冲动，坚信人的尊严只能来源于自信。不过且慢，让我再考验考验她，比如说，对对对，污染问题。“你不是说轻纺中心吗，柯桥这么多印染厂，废水污染不是严重问题吗，怎么解决呢？”

“这你就不懂了吧。”她随口一说，接着便娓娓道来。“污染的确曾是柯桥发展的严重问题，水污染了田不能种，要命啊，很麻烦的。可污染这种事吧，虽说是一家家企业造成的，但解决起来必须统一处理，否则没用。几年前省市两级财政专项拨款，在沿海建立大型污水处理厂和工业新区，所有印染工序必须迁到工业新区，污水统一处理。”“等一下，你是说柯桥现在没有印染厂了？”“没有了，都搬到工业新区去了，这里只有展销中心和科研中心，还有后处理和仓储什么的，没有任何印染工序了。”她说这话时像喃喃自语，淡然得跟没说一样，却让我惊讶得情不自禁。本想大声告诉她，你凭什么这样轻描淡写，在很多国家这是难以面对的顽疾，美国俄亥俄河从“镀金时代”开始的污染问题至今尚未彻底解决，你是在说一种奇迹一种伟大知道吗？人们的需要与政府责任之间的互动机制才是发展的根本所在，这是中国独有的优势，也是克服各种困难，不惧任何挑战的本钱。不过我忍住没说，因为我突然明白了，真正的奇迹自己都意识不到，真正的伟大自己都意识不到，没有一种奇迹是因为非要创造奇迹而创造的，没有一种伟大是因为非要伟大而伟大的。只有生存与发展的客观需求才是动力，形势所逼，当有限的资源遭遇庞大的人口基数，加上发达国家物质生活的标杆作用，如果想过那样的日子，甚至超过他们，唯一的办法就是创造奇迹，正因为创造了奇迹，所以你如此伟大。

终于，到站了。

眼前的越秀外国语学院充满异国情调，让我怀疑要不要重办签证。在中华文明的一处发祥地上呈现此等景象，与其说崇洋媚外，不如说恰恰印证了前边的话，它体现了图谋发展，要过好日子的强烈愿望。校园里有一池湖水，一个年轻女生对我说："您知道吗，从这里乘船能划到鉴湖去呢。"她说这话时也轻描淡写，丝毫没注意到我眼中的惊叹。"那，你们去找过陆游和秋瑾吗，他们都住在鉴湖边啊。"女孩儿先是一怔，接着便哈哈大笑，"不用去找他们，他们天天陪着我们上课，给他们加个什么头衔呢，您觉得客座导师怎样？"我说不出话，再次被一种自信迷住了。

那晚威兄让我与学生互动，面对数百莘莘学子，我第一次感到力犹未逮的茫然。我有点结结巴巴，试图说明奇迹与伟大的根由，可不知说清了没有？

铁一号的灿烂日子

曾经有部电影叫《阳光灿烂的日子》，夏雨和宁静饰男女主角，整个场景全部是在号称“民国大院”的铁一号拍摄的。“铁一号”是铁狮子胡同一号的简称，即今天北京东四十条，张自忠路三号那个大院子，我从小在那里长大。

铁一号最早是贝勒王府，清末重建成为大清陆海军部，民国初年又是段祺瑞执政府所在地，饱经沧桑。1926 年西方列强搞“八国通牒”，迫使段祺瑞政府撤除大沽口炮台等海防设施。不料激发民变，数千民众聚集在铁一号门前示威游行，著名学者李大钊、陈乔年发表激情演说，号召共抵外辱。后警察开枪，死伤者竟达数百之多，史称“三一八惨案”。此前还有一历史瞬间值得提及，据载，孙中山 1924 年北上“再造共和”时，就住在与铁一号几步之遥的顾维钧宅邸。孙先生数次由顾府徒步来铁一号，应约在段祺瑞办公室商议共和大计。然而段祺瑞屡次爽约，孙段终未谋面。不久孙中山病逝于顾府，痛失历史良机。

在我小的时候，铁一号是中国人民大学校址，也是我们从托儿所、幼儿园到小学的童年乐园，一草一木都留下我们天籁般的笑声。当年段祺瑞办公室所在地的钟楼有一座哥特式塔尖，顶部有旗杆入云，飘扬着旗帜。我们几个号称最调皮的孩子，非非、凡凡、方方、大江，还有邱小刚，常躲过管理员的目光，偷偷爬上塔顶，眺望景山、万寿山、玉泉山的风光。那时空气是透明的，佛香阁上人影的蠕动都能感觉到，目穷千里，荡气回肠，宽阔的胸怀必来自宽阔的视野。那年中国自制的第一盏钠灯，也叫小太阳，安置在景山最高处的万春亭，每晚向京城照耀。我们在钟楼顶看得一清二楚，边看还边作诗，方方喜欢穷酸，动不动冒几句诗，只听他说，“前边是人造小太阳，后面是万盏电灯光”，说到这儿卡壳了，没下句了。我们马上取笑他：“你说的什么呀，万盏电灯光后面呢，臭显什么呀你？”

往往在我们得意之时，只听有人高喊：“麻雷子来了！”大家呼啦一下争先恐后往楼下跑。麻雷子是学校后勤的管理员，专和我们小孩对着干，我们爬钟楼他不让，我们小花园摘柿子他也不让，反正什么都不让，而且他长得很难看，方头大耳，两道眉毛拧在中间，看着就像“麻雷子”。据说他是抗战老兵，因为不识字当不了官，一直在后勤部门做工友。我们很怕他，他认识我们父母，动不动就告“黑状”，他抓我们的惯用语是“你个小兔崽子，我认识你爸，你不谁谁谁儿子吗，等着回家挨揍吧”。吓得我们四处逃散，躲进钟楼底下的地窨子跟他捉迷藏。有人说地窨子里有水牢，是当年日本宪兵司令部设的，我们转遍了也没找到。

人民大学当时正处黄金时期。任何一趟进北京的列车，一过丰台就开始播送关于北京的配音介绍，其中必有一句，“北京还是我国的文化教育中心，新型的中国人民大学就坐落在首都北京”。那时铁一号里人才济济，比如文学家唐弢、冯其庸、何洛，新闻学家安岗、罗列、方汉奇，历史学家何干之、胡华、尚钺，还有哲学家王方正，清史专家戴逸，汉语专家箫枫、芦狄等，不胜枚举。那一代学人除了学问好，还有个突出特点，就是俊男美女，有一个算一个，男的风度翩翩，女的风韵夺人，把这个院子装点得赏心悦目，星光灿烂。我甚至觉得当年旅英建筑师沈琪设计的这座兼具哥特式和巴洛克式风格的建筑群，不只为司令部或执政府，更为等候这一代精英的到来，他们用祥和的人气取代了这座建筑物的历史戾气，所以铁一号不光是“民国大院”，也是“人大大院”，人气就是人大之气。

我们小时候虽然能觉出父母一辈的优雅，但没想到会这么短暂，他们的老去带走的不光是自己的步履，更是一代人的光荣与梦想。而我们只知道贪玩，充分享受铁一号花园般的环境，却不知高墙之外的世事沉浮。有一年流行养蚕，每家孩子都在养，就像今天流行抖音一样。养蚕需要桑叶，院里的桑树不过四五株，又高又大竹竿很难够到，这下就显出我们的优势了。我们是用弹弓将桑叶打下来，胡华的儿子胡刚，他弹弓射得极准，专打桑叶根部，一下来就是一串，搞得家家户户都找我们要桑叶，好好得意了一把。不过你肯定猜不到谁帮我们做的弹弓。做弹弓需要十号铅丝和足够的手劲，这对七八岁的孩子并不容易。当时帮我们做弹弓的正是我楼下的邻居，今天人民大学金融学院的著名教授杜兴满叔叔。他做的弹弓不仅瞄得准，还充满艺术感，像五线谱上的音乐符号，至今难忘。

周六晚上在灯光球场看电影是我们的最爱。每次都匆忙胡噜几口晚饭，搬着马扎去操场占位。为占位发生争吵是家常便饭，马扎凳子没那么多，想多占位子只得用砖头瓦片。可别的孩子来了说砖头不算，必须马扎凳子，这就差不多快打起来了。幸亏有麻雷子，有小孩扎堆儿的地方就有他，让我们少打多少架，有些家长吓唬孩子就说，再不听话叫麻雷子了，我妈就说过，她和麻雷子很熟，麻雷子家孩子多口粮不够吃，我妈每个月都省下粮票送给他，所以她的话我不敢不信。有一次演苏联电影《夏伯阳》，夏伯阳是红军将领，在围剿白匪的战斗中落水牺牲。影片中有个镜头是红军轰击白匪阵地，把整个山头炸翻了。我和非非说那是重型山炮，可唐弢的儿子唐闻苏非说是小型导弹，那可是二十世纪六十年代初，导弹二字我们还似懂非懂，只好听他的，他从小博闻强记，随他爹。

在铁一号我们还赶上几年的自然灾害。雨下得那个大呀，再也没见过那么大的雨。我家窗户对着方汉奇家窗户，也就几十米，他女儿方鹰是我小学同学，我们有时会对着窗户打招呼。可雨下得太大根本看不见她家窗户，只有白茫茫一片，像道幕布挡住我们。后来学校还号召种地，把每寸空地利用起来种吃的。后勤有个吴科长，当过朱德的警卫员，教大家种玉米、向日葵，还有蓖麻，说蓖麻籽油可以做飞机润滑剂。当时铁一号到处是玉米，遍地种蔬菜，人们想方设法搞吃的，比如抓蚂蚱，那年院子里四处飞舞着蚂蚱。我和邱小刚、非非，举着鞋盒子四处抓，很快就抓满一大盒。清史所的潘喆叔叔用一只大锅，先把蚂蚱用盐水腌一下，再放到饼铛上烤至焦黄，味道又香又脆，有肉味，真的有肉味，像吃螃蟹。

我们的童年应该是幸福的，因为我们有铁一号，这里每个角落都留下我们儿时的笑语和成长的秘密。小娟要我帮她摘水池里的莲蓬，我说麻雷子会抓呀，她就哭起来。没办法，结果莲蓬没摘到我自己掉进水里，把一池锦鲤吓得惊艳。幸好夏季中午都在午睡，除了我俩小花园里空无一人。在灰十一楼顶我们发现过一捆崭新的纸币，上面印有天坛图案，听说是前朝遗物不敢带回家，趁黄昏，埋在小花园的柿子树下，还特意做好标志，不知道今天还在吗？这个灰十一楼所在的铁一号东区后来被割让给其他单位，他们筑墙加岗搞一院两制，把我们的童年生活活活切去一块，麻雷子的办公室就在灰十一楼，楼都被占了，那麻雷子呢？

我好想他。

长大很慢，老去很快。我怎么会突然想到铁一号，是因为老了吗？其实看电影《阳光灿烂的日子》时我已感到铁一号的陈旧，看到最后都沉默了，就像看镜子里的自己一天天老去而沉默一样。“我见青山多妩媚，料青山看我应如是”，这话反过来说同样有效。如果此刻我真出现在铁一号面前，她会认得我吗？或者说，即便认得，她还有原来的心气儿陪伴我，拥抱我，抚摸我吗？

我自己呢？

跋

我多次谈到自己写作的特点，比如形容自己是“第三只眼”，以第三者角度观察海内外的文化现象。或者像清教徒，没太多功利追求，只是有话想说有感而发，才义无反顾地写起来，写下去。不过也有读者问，为什么非要用中文表达呢？

是啊，为什么呢？

1

三十多年前我来美留学，一个主观愿望就是把英语说好，说得越棒越好，天真地以为只要英语过关，表达绝不是问题。为此我竭尽全力，险些把听力室的“牢底”坐穿，因为在国内学的英语到了这边没人听得懂，我只有把听力提高才能改进发音，否则尽等着闹笑话。有一天女老师带我们留学生看电影《侏罗纪公园》，我觉得恐龙这个词“dinosaurs”眼生，就按读音规则，第二音节重读，“歹拿扫斯”。话音未落，女老师笑得前仰后合，什么“歹拿扫斯”，是“呆呢扣斯”！她一笑别人也笑，好像都比我懂，臊得我哟。还有一次，刚出公寓门遇到查理教授，他同我打招呼：“你住在这儿？”我觉得听懂了，连忙把地址告诉他，请他过来玩。公寓是“apartment”，我突然想起另一个词“suite”（套房），发音是“似卫特”，如果我说的是“似卫特”人家也能懂，结果我把“suite”与“suit”（西装）搞混了，后者发音是“素特”，我说我住在“素特”里。查理教授满脸狐疑，你确定住“素特”里？确定确定，我的“素特”欢迎您。

时间长了我的英语能力自然有所提高，听课、考试、做论文，没太大问题，感觉越来越自如。我跟荷兰来的马克住一屋，他说他爸是海牙商业法庭的法官，他讲英语口音很重，但词汇量大，连马路用语都知道，给我不少启发。荷兰人善饮，一到周末我们就去酒吧喝酒，跟周围人插科打诨，原来美国人也讲“黄段子”，口味重得无法形容。不过我也帮过马克，那天他在买二手车，马上要付款，我正好路过让他等一下。我打开化油器一看，上面有很多黑色积碳，马上判断是某个气缸的油环磨损，严重烧机油。我耐心解释，服得他手舞足蹈，说：“走，咱喝酒去！”

后来马克买了辆一九七九年的沃尔沃，他还是喜欢欧洲车。我俩四处兜风，到湖边裸泳，去阿巴拉契亚山里会私酒贩子，跟农场主的女儿学骑马。那小丫头恶搞我，她给马克的马有鞍子，我的没有，说这样更舒服。我哪懂，看她一掐出水儿的样子就信了。结果不一会儿屁股就被磨破，汗水一浸痛得我哟，以后千万不能以貌取人！不久马克交了女友，我也快有了。

我的英语交流的范围突破校园局限，进入生动的生活，表达也随之丰满起来，甚至俗文、俚语我用起来也得心应手，再矜持的人也免不了本色呈现，感觉到哪儿，表达就跟到哪儿，情不自禁。我被人家带起节奏，感觉有些不太真实，像看翻译片，看着看着自己进去演，却发现台词不熟手忙脚乱地应对。比如周末烤肉，知道 BBQ 是烤肉，真烤起来一大堆细节呢，工具、香料、火候……特别是香料，五花八门，如不亲身感受是很难搞清楚的。

我还发现美国人对力量的推崇无处不在。我们把钥匙锁在了屋里，邻居路过说小事一桩，转身一把将大门撞开，锁也坏了。诗人木心说，“你锁了，人家就懂了”，这边是“你锁了，一撞就开了”。俄亥俄河谷的嘉年华上有砸汽车比赛，两条汉子抡大锤，比谁先把眼前的车砸扁。我还发现他们随性而为的习惯，自己开心就是硬道理，做什么可能，也都不奇怪。这些发现让我豁然领悟天地人伦的份量，突然发现自己的另类，表达反倒更不好拿捏了。

按说随着英语能力的不断提升，表达应该更轻松才对。我起初认为我完全可能将表达的充分性从汉语平移到英语上，更换的只是语言，实际情况并非如此。起初，我用英语交流的是基本需求，听课啊，购物啊，别人之所以会听，因为人的基本需求是相似的。一旦交流日渐充分，表达就肯定向情感和价值观方面深入，交流也就成为文化的碰撞，并卷入社会历史的认知，其复杂性会随之加大。比如对家庭的看法，中国传统的父母子女关系对我们来说是很自然的，我经常给母亲打电话，不时收到家中的邮包，而且我还把这类事情作为人间温情的体现，好心与对方分享。意外的是，日子一久对方竟生出诧异的质问：我跟你交往还是跟你父母交往？你是你，还是你父母驻俄亥俄的临时代办？问得我哑口无言。

2

海外有这样一种现象，美国人叙述事情往往比较简练，三句话结束。同一件事，我可能会从春秋五霸扯到战国七雄，最后才到点上。我开始以为是词汇量不够大，后来发现虽然有这个因素，但不全是。对当年我们这批留学生而言，来美前都有过一定的人生阅历，比如我自己，参加过成昆铁路建设、驻马店特大洪水抢险、“文革”后第一届高考，经历了经济改革及思想解放运动。我的存在，是社会经历和家庭影响的个人化，当我在三十岁那年像野草一样漂泊至此，不可能把前三十年的经历全部归零，很自然地会在交往中展示已有的知识积累和生命价值，并以独立的眼光审视美国社会。遗憾的是，这里的人对你的前三十年没兴趣，特别是就业以后，我在主流职场打拼了近三十年，无论英文学得多努力，我的表述风格，包括逻辑、举例和幽默，如果与职场文化的期待不合，就很难一帆风顺。有人说在美国的职场中中国人干不过印度人，问题就在文化差异上。换句话说，你的英文表达即便足够充分，但因为文化的差异也难以尽情尽兴，很多观念、情感无法交流，对方不会真感兴趣，你知道他在应付你，他也知道你讲的并不重要。你虽然需要表达，但对方并不需要倾听。

关于“为何用中文表达”的话题，我曾与著名学者董鼎山先生交流过。他早年毕业于上海圣约翰大学，曾参加过抗日地下组织，做过《申报》记者，二十七岁赴美读研，又在美国做过《时代周刊》专栏主笔、纽约市立大学教授，并和他的瑞典裔夫人生活了一辈子。在外人看来，他已完全美国化，英文能力远在绝大多数本土美国人之上。就这样一位杰出的美籍华裔学者，依然积极参与祖国在改革开放初期的思想解放运动，用中文撰写了三十余册著作，向中国介绍美国社会，影响了一大批改革开放以来成长起来的中国知识分子。五年前董先生以九十二岁高龄仙逝于纽约。

在与他近三十年的交往中，董先生坚持说中文，我太太是上海人，他俩碰面还非要讲上海话，董先生的老派上海话语速较慢，节奏感更强。我们每次去看他，除了给董夫人蓓琪带一个黑森林蛋糕，我太太必给董先生做几款本帮菜带去，烤麸、百叶结烧肉，都是他的最爱。有几次与董先生小酌到微醺，兴奋之余他要我唱京剧《劝千岁》，还指明马派，说其他门派唱那句的“那刘备本是中山靖王的后”，而被马派省去“中山”二字，就“那刘备本是靖王的后”，更加顺口。他回忆起当年在上海参加抵抗运动的情景，他和弟弟董乐山躲在楼梯下的隔间里，从木板缝隙看到宪兵的皮靴踏过楼板，听见发出咣咣的响声。谢晋元团守卫苏州河四行仓库，夜间可以看到对射的子弹流星雨般呼啸穿梭。我问他为何不把这些生动画面用英文写给美国读者？董先生莞尔一笑说，伊勿感兴趣，莫名堂的。有意思的是，每次看望董先生，董夫人蓓琪总是先和我们寒暄片刻随即离开。她离开时的几句话意味深长：“董，现在是中文时间，你尽兴说中文吃中餐吧，be happy。”

面对董先生的睿智和董夫人的善解人意，我无法想象因为来此读书生活就得把前三十年的侠肝义胆热血情怀都忘记了，这不可能，在表达问题上我与董先生是相通的。我在石溪大学上学时，曾经和一位同学经常一起查资料做功课，还跑到杰斐逊港看钢管舞。几年前在曼哈顿与之巧遇，我像当年一样用中文打招呼：“你跑哪去了，哥们儿？”有趣的是，他用英文回答我：“对不起先生，我不会说中文。”然后转身走开。我尊重他的选择，漂泊生涯最无奈的就是见怪不怪，人性比想象的要离奇得多。野草他乡诸事不易，想怎样表达纯属个人私事，大家保持着真正的“社交距离”，谁也不必非要对历史文化负责。然而，也许是前世的宿命，当有些人情愿洗心革面淡化自身文化背景时，我们却选择了一路走来的继承与恪守，而且这样的华人是绝大多数，他们未必都当作家，但会分享同样的文化情感。

3

所以说，中文表达的冲动正源于英文表达的不够充分。对我而言，当英文表达难以尽兴缺乏共鸣时，中文表达便脱口而出。表达是刚需，是硬道理，此处不表达自有表达处。人文情感是经历的积累，是条连续的曲线，包括过去和现在，祖国和他乡，像晚霞一样丰富绚烂，像河水一样潺潺流淌，根本不需要什么额外动机。

记得约三十年前我开始写诗时，最初是把在俄亥俄写的英文诗翻译成中文。当时纽约的“海外华文作家笔会”经常举办中文诗歌朗诵会，该组织由董鼎山、夏志清、唐德刚、李金发、郑愁予等人发起，董先生任会长。他们都是英文能力超强的学者，却在中文表达方面寄托了深厚情感，我也从这里开始与董先生及其他名士们的多年交往。承蒙他们的感召，当年纽约中文文坛可说是“云蒸霞蔚”，我的中文写作便由此开始，深感庆幸。我们沉浸在创作的快乐里，也分享着朗诵的欢悦。纽约诗会那时影响很大，甚至有人乘飞机从外州赶来参加，地址就选在当年胡适和杜威教授共同创办的“华美协进社”，曼哈顿东六十五街，也就是梅兰芳、老舍光临过的那间小礼堂。董鼎山、夏志清、唐德刚、王鼎钧、郑愁予、赵淑侠、王渝……各界名流都赶来参与，那是中华文化在纽约的一件盛事，我们承蒙天顾，难得共享了人生一段珍贵的“唐宋遗风”。

从此一发不可收拾，从诗歌到散文再到小说，用中文写作完全成为我生活的重要组成部分。在几乎所有属于我的时间里，悄悄把自己变成故事中的角色，乘着想象的翅膀自由飞翔，把从小到大的种种感受浸在情感里，再撒尿和泥一样重组，一个光屁股小男孩在残阳如诉的绚烂中自在地玩耍。别让漂泊的恭卑暗淡我生命的意义，别让压抑的文化氛围刺伤我的自尊，让一切孤零零的感觉滚开，把所有赞美和轻蔑置之度外。我像一个徘徊的幽灵，因为有话要说，为构筑生命而尽情表达。你可以认为这是对外部世界的某种逃避，一种内敛自省的苦渡、清风明月的独白，是无边无际的安静与放手，为保持内心平衡，不被平庸的居家生活逼得到大街上放枪，而给自己创造的宗教。我是一部蒸汽机车，所有煤炭都已填进炉膛，就这一锅了，能烧多久烧多久，能跑多远跑多远，把所有滚烫的世俗抛开，天地悠悠长风板荡，让我的多情与丰富在内心开花结果。

回想当年留学海外的初衷，其实就是希望出去转转，“世界那么大，我想去看看”，没料到会走这么远，这么久，远到英语都不足以抚慰灵魂的地步。多年来我对中文表达的一贯追求，就像异乡逆旅的回眸，是为抵消野草他乡的孤独寂寞，还是为倾听远在天边的山河的呼唤呢?

我说不清。

陈九

2020 年 9 月 5 日　纽约随波斋

图书在版编目（CIP）数据

野草疯长 / (美) 陈九著 ; 朱湘羽绘 . -- 北京 : 北京时代华文书局 , 2021.5
ISBN 978-7-5699-4123-4

Ⅰ . ①野… Ⅱ . ①陈… ②朱… Ⅲ . ①随笔－作品集－美国－现代 Ⅳ . ① I712.65

中国版本图书馆 CIP 数据核字 (2021) 第 085004 号

北京市版权局著作权合同登记号 图字：01-2021-1535

野草疯长

YECAO FENGZHANG

著　　者 | [美] 陈　九
绘　　者 | 朱湘羽

出 版 人 | 陈　涛
选题策划 | 刘　平　王慧敏
责任编辑 | 周海燕
执行编辑 | 韩明慧
装帧设计 | 所以设计馆
责任印制 | 訾　敬

出版发行 | 北京时代华文书局 http://www.bjsdsj.com.cn
北京市东城区安定门外大街 138 号皇城国际大厦 A 座 8 楼
邮编：100011　电话：010 - 64267955　64267677
印　　刷 | 北京盛通印刷股份有限公司　010-52249888
(如发现印装质量问题，请与印刷厂联系调换)
开　　本 | 880mm×1230mm　1/32　印　　张 | 8.5　字　　数 | 150 千字
版　　次 | 2021 年 7 月第 1 版　印　　次 | 2021 年 7 月第 1 次印刷
书　　号 | ISBN 978-7-5699-4123-4
定　　价 | 45.00 元